Geheimrezepte für die Liebe

Mascha Matysiak, 1979 geboren, hat Germanistik, Kunstgeschichte und spanische Philologie studiert. Seit ihrem Uniabschluss widmet sie sich intensiv dem Schreiben, am liebsten für Kinder und Jugendliche. Die Autorin lebt mit ihrer Familie im Schwarzwald.

MASCHA MATYSIAK

Geheimrezepte für die Liebe

CARLSEN

Unser Versprechen für mehr Nachhaltigkeit
- Klimaneutrales Produkt
- Papiere aus nachhaltigen und kontrollierten Quellen
- Hergestellt in Europa

FSC
www.fsc.org
MIX
Papier aus verantwortungsvollen Quellen
FSC® C083411

Originalausgabe
Oktober 2021

Umschlagbild: shutterstock.com © fotosparrow (1629677563) / Zakharchuk (543527818) / eyepark (1264556971) / Anastasia Averina (1598143192) / Juliana Brykova (753893158)
Lektorat: Wiebke Andersen-Oberschäfer
Umschlaggestaltung: formlabor
Satz: Dörlemann Satz, Lemförde
ISBN 978-3-551-32023-0

KAPITEL 1

»Luzie, komm mal her.«

»Ja, gleich, Paps!« Eilig stelle ich den selbst gemachten Ketchup zur Seite, schütte eine Portion Currypulver in die Schüssel und rühre alles um. Mittlerweile habe ich ein Gefühl dafür entwickelt, welches Mischungsverhältnis Ketchup und Pulver haben müssen, damit die Soße perfekt wird.

Weil Paps so aufgeregt geklungen hat, schiele ich über die Theke aus dem Food Truck. Meine Eltern haben ihn vor zwei Jahren gekauft. Ich liebe den kleinen silbernen Wagen, den wir Ernie nennen. Er ist ein richtiges Familienmitglied geworden, auch wenn das vielleicht ein bisschen albern ist.

»Wo steckst du denn?«, rufe ich. Wahrscheinlich bessert Paps mal wieder eine der Ledges aus. Die Rutschkanten sind ziemlich demoliert. Früher standen wir am Parkplatz vorm Freibad, aber im Herbst sind wir mit Ernie zum Skateplatz umgezogen. Hier muss Paps keine Pacht zahlen, vorausgesetzt er kümmert sich um den Platz und macht ihn fit. Er hat alle Hände voll zu tun. Ständig setzt er neue Pflastersteine ein, säubert Gullys, räumt Müll weg oder lackiert irgendwas. Nach der Schule helfe ich ihm dabei, weil Mama ihren Job im Büro hat.

»Bei der kleinen Rampe!«, schallt es zu mir rüber. Also putze ich die Hände ab und löse meine Haare aus dem wirren Dutt. Ich schüttele sie über den Rücken, damit sie Platz unter meiner dicken Pudelmütze haben. Die kommt tief über die Stirn. Heute ist es klirrekalt. Mein Atem bildet weiße Wölkchen in der Luft, als ich Ernie verlasse. Beim Einatmen habe ich das Gefühl, Reißnägel zu schlucken.

Ich umrunde den Pool, den die Skater so nennen, weil er an ein leeres Wasserbecken erinnert. Im Vorbeigehen winke ich den Graffiti-Künstlern zu. Sie bemalen die hintere Steinwand des Platzes. Als Paps die Mauer entdeckt hat, erklärte er sie sofort zur Sprayerwand. Seither verewigen sich die Leute daran täglich mit Bildern, Schriftzügen oder Tags.

»Was ist das denn?« Verwirrt halte ich inne. Paps steht neben der Rampe vor einer Bank, darauf liegt ein riesiger Eisklumpen. »Hat das etwas mit der Schlittschuhbahn zu tun?« Passend zur Jahreszeit will Paps neben dem Skatepark eine mobile Eisbahn aufbauen. Sie soll heute oder morgen geliefert werden.

Paps schüttelt den Kopf und schlendert eine Runde um den Eisklotz herum. Er sieht aus wie der Besucher eines Museums, der ein Meisterstück unter die Lupe nimmt.

Ist da etwas zu erkennen, was ich nicht sehe? Ich ziehe die Hände aus meinen Parkataschen, beuge mich vor und tippe mit dem Zeigefinger dagegen. Das ist eindeutig Eis. Knallhartes, frostiges Eis.

»Gestern ist mir noch eine andere Idee gekommen«, verkündet Paps. Er fängt an zu grinsen. Breiter als die Grinsekatze aus Alice im Wunderland. »Ich sage nur: Eisskulpturen des Jahres!« Seine Stimme klingt feierlich. Mit der Hand zeichnet er eine imaginäre Schrift in die Luft.

»Aha!?« Ich habe keinen Schimmer, was er damit meint.

»Na, ich bewerbe mich beim landesweiten Wettbewerb der schönsten Amateur-Eisskulpturen. Das sorgt für Aufsehen und der Sieger erhält ein dickes Preisgeld. Wir könnten es gut gebrauchen.« Er streicht über den Klotz. »Und daraus schnitze ich meine erste Figur.«

»Ähm, du schnitzt?«

»Genau! Die Übungsskulpturen stelle ich hier überall hin. Sie werden dem Platz einen einzigartigen Touch verleihen.« Er kramt sein Phone aus der Tasche und wischt darauf herum. »So ungefähr stelle ich mir das vor.«

Auf dem Bild im Internet sehe ich jede Menge verwunschene Eisgestalten und Formen, die weiß, blau oder grünlich schimmern. Sie wirken, als wären sie aus zerbrechlichem Glas. Wunderschön!

»Und du meinst, du kannst so was?«, frage ich skeptisch.

»Abgesehen davon geht so eine Skulptur doch bestimmt beim ersten Regen oder Sonnenstrahl kaputt.«

Paps schüttelt den Kopf. »Das hält ein paar Tage. Es ist kalt genug. Außerdem ist der Klotz hier aus gefiltertem Wasser. Das hat kaum Luftblasen und erhöht die Haltbarkeit.«

»Du klingst ja wie ein Vollprofi.« Ich gebe meine Bedenken auf. Paps hat immer verrückte Ideen und Pläne. Und wenn er sich mal etwas in den Kopf gesetzt hat, ist es sinnlos, ihn davon abhalten zu wollen.

»He, Lu!« Mein bester Freund Liam kommt mit zwei Bechern zu uns und drückt mir einen davon in die Hand. Dann haucht er mir ein Küsschen auf die Wange. Ich brauche gar nicht an den Bechern zu schnuppern, um zu wissen, was er mitgebracht hat: Für mich einen Chai Tea Latte – eines meiner Lieblingsgetränke – und für sich einen Cappuccino. Liam ist ein Kaffee-Junkie. Er kann literweise Koffein zu sich nehmen, ohne auch nur die klitzekleinste Reaktion zu zeigen. Als wir neulich zusammen für eine Englischklausur gebüffelt haben, hat er sich sechs Espressi reingezogen. Schon beim Zuschauen habe ich Herzrasen und Magenkrämpfe bekommen. Liam hingegen ist irgendwann auf dem Sofa eingeschlafen und am nächsten Tag frisch und fröhlich aufgewacht.

»Was macht Bo da?«, raunt er mir ins Ohr und beobachtet meinen Vater dabei, wie er eine Säge, einen Spachtel und eine Axt aus einer Tasche holt.

»Eiskunst für einen Wettbewerb.«

»Aha, glaubst du, er hat dieses Mal mehr Glück als bei den Sandfiguren im Sommer, wo der ganze Sand ins Wasser geweht ist und der Bademeister einen Anfall bekommen hat?«

Glucksend zucke ich mit den Schultern. Paps' neues Projekt ist mal wieder typisch schräg. Aber so ist er eben.

Wir sehen ihm noch kurz dabei zu, wie er beginnt, an dem Klotz herumzuhobeln, und schlendern dann rüber zu Ernie. Dort werfe ich die Fritteuse an und schütte eine Portion Pommes hinein. Das Fett blubbert los. Ich liebe dieses Geräusch. Nur auf den Geruch, der sich überall in den Klamotten, der Haut und in den Haaren festsetzt, könnte ich verzichten.

»Ich habe mir vorhin ein Outfit für den Zoo gekauft. Militärgrüne Arbeitshose, graue Boots. Das muss ich dir später unbedingt zeigen«, erzählt Liam. Er steht draußen an Ernies Theke und sieht mir dabei zu, wie ich je einen Ketchup- und einen Mayonnaiseklecks auf einen Teller tupfe.

»Meinst du nicht, den Bären ist es egal, wie du aussiehst, wenn du ihren Mist wegputzt?«, necke ich ihn. Vor einem Monat mussten wir uns für ein zweiwöchiges Praktikum bewerben, das unsere Schule als Winter-Sonderaktion für uns Zehntklässler geplant hat. Es startet schon in wenigen Tagen, Mitte Dezember, und dauert bis zu den Weihnachtsferien. Liam wird im Zoo arbeiten. Er liebt Tiere. Nicht mal einer Stechmücke würde er etwas tun. Ich habe mich bei drei Restaurants beworben und zwei Zusagen bekommen. Nur von meinem Favoriten, dem Roll-In, habe ich noch nichts gehört. Jeden Tag warte ich auf einen Anruf.

Liam fährt sich durch die Haare, die er sich immer stundenlang vor dem Spiegel zurechtgelt. Er legt großen Wert auf seinen Out-of-Bed-Look. »Die Bären interessieren sich bestimmt nicht dafür. Aber vielleicht die heißen Tierpfleger. Außerdem habe ich nicht vor, nur Misthaufen wegzuschaufeln oder stinkende Fischbecken zu putzen. Ich werde kleine Wildkatzen streicheln, Affen füttern, Pferde striegeln und natürlich mit den sexy Kollegen flirten.«

»Gibt es denn überhaupt gut aussehende Pfleger im Zoo?«, erkundige ich mich und hole die Pommes raus.

»Keine Ahnung. Aber man muss auf alles vorbereitet sein. Mein Mister Right könnte schließlich überall lauern.«

»Stimmt.« Ich mache eine möglichst ernste Miene. »Sogar im Gehege der Stachelschweine, Schimpansen, Koboldmakis oder was da sonst noch so kreucht und fleucht.«

Das Klingeln meines Smartphones reißt mich aus unserem Geplänkel. Schnell wische ich meine Finger an der

Jeans ab und angele es aus der Tasche. Beim Blick auf das Display fängt mein Herz an zu hämmern. »Das Roll-In!« Lass es geklappt haben, lass es geklappt haben, bete ich.

»Geh schon ran«, zischt Liam, weil ich plötzlich so eingefroren bin wie Paps' Eisklumpen auf der Skater-Bank.

»Hallo, hier ist Luzie Thomas.« Meine Stimme klingt kratzig.

»Hi, ich bin Cedrick vom Roll-In«, sagt eine Stimme am anderen Ende. »Ich soll dir ausrichten, dass du dein Praktikum gerne hier machen kannst. Wir erwarten dich am Montag in zwei Wochen um 10 Uhr. Geht das für dich klar?«

Ich nicke und vergesse vor Aufregung, dass dieser Cedrick das gar nicht sehen kann.

»Ja, absolut«, presse ich hervor.

»Cool, dann bis bald.« Er legt auf.

»Und? Und?«, drängelt Liam. Das Grinsen in meinem Gesicht ist Antwort genug. »Yaaaaay!« Er brüllt so laut, dass meine Ohren klingeln und den Künstlern bei der Graffiti-Wand wahrscheinlich ihre Flaschen aus den Händen fallen. Ich hüpfe ein paarmal hoch. Ernie wackelt dabei hin und her, als würde er sich mit mir freuen. Über die Theke hinweg boxen Liam und ich unsere Fäuste gegeneinander.

Als wir uns wieder beruhigt haben, bestreue ich die Pommes mit Salz und folge Liam auf die Bank neben dem Wagen. Dort decken wir uns mit einem Fell zu. Liam futtert los wie ein Verhungernder. Ich hingegen atme tief ein und aus. Die Luft riecht nach Tannennadeln, Schnee und Farbdosen. Eine Duftmischung, die mir in der letzten Zeit so vertraut geworden ist.

Ich habe ihn tatsächlich gekriegt, den Praktikumsplatz im coolsten, abgefahrensten Restaurant der Stadt. Das ist genial! Zufrieden schnappe ich mir eine Pommes, bevor Liam alles allein wegputzt. Sie trieft vor Fett und knuspert wunderbar salzig zwischen den Zähnen. Das Grinsen ist noch immer in meinem Gesicht festgetackert. Wahrscheinlich kriege ich es bis Weihnachten nicht mehr weg.

KAPITEL 2

»Zur Feier des Tages habe ich eine Überraschung für dich«, sagt Liam, nachdem wir die Pommes aufgefuttert haben. Er steht auf und putzt seine Finger an einer Serviette ab. »Los, schnapp dir deine Tasche. Wir gehen rüber zum Weihnachtsmarkt. Die ersten Buden haben vorhin aufgemacht.«

Begeistert klatsche ich in die Hände. Schon seit Tagen warten wir darauf, dass der Markt endlich öffnet und wir heiße Maronen essen können.

Bevor wir den Platz verlassen, schauen wir aber noch einmal nach Paps.

»Ich habe den Praktikumsplatz im Roll-In gekriegt«, jubele ich, woraufhin er Eispulver in die Luft wirft, das er dem Klotz in der Zwischenzeit abgetrotzt hat.

»Klasse, Lu, das ist toll!«

Rechtzeitig mache ich einen Schritt nach hinten. Liam hingegen reagiert zu spät und kriegt die gefrorenen Stückchen mitten ins Gesicht. Sie glitzern in der Sonne und geben seiner Haut einen schönen Schimmer.

»Dass du mir da aber nicht zu etepetete wirst. Solche

Herrschaften haben wir schon in der Familie.« Paps klingt, als sagt er das im Scherz. Ich weiß aber, dass es ihm bitterernst ist. Er meint Grand-mère und Grand-père. Ich spüre einen Druck in meiner Brust und versuche, schnell an etwas anderes zu denken.

»Das Roll-In ist kein Vier-Sterne-Restaurant, Bo«, klärt Liam meinen Vater auf.

Der winkt ab. »Trotzdem ist es ein Schickimicki-Laden.« Mit einem Spachtel zieht er eine Linie über das Gebilde unter seinen Händen. Die rausgeschlagenen Spitzen und Kanten zeichnen ein undefinierbares Muster in den Block. Es ähnelt nicht im Geringsten den Figuren auf seinem Internetfoto.

»Wird das ein Drache?«, wechselt Liam das Thema. »Ein Hai, oder ein Urzeitmonster?

Paps runzelt die Stirn. »Eigentlich wollte ich eine Schneekönigin machen.«

»Das wird schon«, murmele ich, bevor ich mich Liam anschließe. Der dreht sich mit einem unterdrückten Lachen weg.

»Da hat Bo noch einiges zu tun«, sagt er, als wir uns etwas entfernt haben.

»Jep.« Bei nächster Gelegenheit werde ich Paps helfen. Auch wenn ich höchstwahrscheinlich genauso wenig eine Schneekönigin hinkriege wie er.

Der Duft von Glühwein, Bratäpfeln und Maronen weht uns vom Weihnachtsmarkt entgegen. Das kleine Riesenrad dreht seine Runden und fröhliche Musik umgibt die Stände. Liam und ich erreichen die ersten Buden und schlendern zu dem Verkäufer, der gerade eine Portion Esskastanien ins Feuer wirft. Was für ein genialer Tag, denke ich. Dann bemerke ich Liams Blick. Er sieht erst auf seine Uhr und dann mich mit einer Mischung aus Aufregung, bettelndem Hundeblick und Unsicherheit an. Oh nein!

»Hast du etwa noch eine Überraschung?«

Liam nickt.

»Aber es ist nicht das, was ich denke, oder?« Eigentlich will ich es gar nicht wissen.

»Natürlich ist es das«, antwortet er.

Ich kneife die Augen zusammen und würde ihn am liebsten mit meinem Blick erdolchen. »Och nö! Nicht schon wieder ein Blind Date.«

»Oh doch. Rafael ist ein cooler Typ. Du wirst sehen. Ich stelle euch gleich am Stand von Pedro vor. Dann könnt ihr euch beschnuppern.« Pedro ist ein Freund von Liam. Er verkauft mit seinen Eltern Schmuck auf dem Markt.

»Ich will niemanden beschnuppern«, murre ich.

Liam reagiert nicht auf meine Gegenwehr. Er ist der Meinung, ich brauche dringend einen festen Freund. Aber nur weil er seinen Mister Right sucht, muss ich das nicht auch tun. Mein letztes Blind Date war Horror! Der Typ, den Liam vom Volleyball kennt, ist Veganer! Daran ist eigentlich nichts auszusetzen. Als ich ihm jedoch erzählte, dass wir in unserem Food Truck Currywurst anbieten, fing er einen ellenlangen Monolog über politisch korrekte Ernährung, Tier- und Umweltschutz an. Ich mag Tiere, und ich vermeide Müll, so gut ich kann. Aber ich will mir beim ersten Date nicht anhören müssen, dass mein Vater ein Mörder ist, weil er Currywurst verkauft, und mein transparenter Nagellack höchstwahrscheinlich jede Menge Giftstoffe enthält.

Genervt nehme ich die Maronen-Tüte von dem Verkäufer entgegen. Ich hatte mich so darauf gefreut und nun ist mir der Appetit vergangen.

»Jetzt lern Rafael doch erst mal kennen«, fordert Liam mich auf. Er legt einen Arm um meine Schulter und zieht mich mit sich. »Wenn du es nicht ausprobierst, findest du nie den Richtigen.«

»Den will ich auch gar nicht. Ich brauche keinen festen Freund.« Bockig versuche ich, mich aus seinem Arm zu befreien, doch Liam hält mich fest. »Liebe ist das Beste, was einem passieren kann.«

Das Roll-In ist das Beste, was mir passieren kann, und das reicht mir im Moment völlig für mein Glück, denke ich.

»Da ist er.« Liam zeigt auf den Typen, der sich mit Pedro vor dessen Stand unterhält.

»Wie sieht *der* denn aus?«, murmle ich, als er sich in unsere Richtung dreht. Auch Liam verlangsamt seine Schritte. Ein Kinnbart kommt zum Vorschein. Er ist zu einem kleinen Zopf geflochten und mit einer Schleife zugebunden. Rafael muss älter sein als die Jungs in meinem Alter.

»Holaaaaaa«, begrüßt uns Pedro überschwänglich. Er kommt aus der Bude heraus und gibt Liam und mir die in Spanien üblichen Wangenküsschen. Rafael macht es ihm nach. Seine Barthaare kratzen über meine Wangen.

»Ich bin Rafael. Du musst Luzie sein.«

»Ja, hi.«

Er macht einen Schritt zurück und lässt seinen Blick über mein Gesicht, die langen Haare, meinen Parka, die Jeans und die Stiefel gleiten. So müssen sich Zootiere fühlen, wenn die Besucher vor ihren Gehegen stehen und sie angaffen. Unsicher trete ich von einem Fuß auf den anderen.

Während Liam und Pedro sich in ein Gespräch vertiefen, mustere ich Rafael aus den Augenwinkeln. Eigentlich sieht er ganz nett aus. Bis auf den Bart.

»Wie findest du meinen Bart?«, will er da ausgerechnet wissen und zwirbelt daran herum.

Was soll ich darauf antworten, ohne unfreundlich zu sein? »Gewöhnungsbedürftig«, sage ich diplomatisch und Rafael lacht los.

»Ging mir am Anfang auch so. Aber jetzt mag ich ihn. Er gehört zur Rolle.«

»Zu welcher Rolle?« Ich lehne mich an den Rand der Bude und entspanne mich ein bisschen.

»Dieses Jahr spiele ich den Giacomo Casanova im Schultheaterstück. Das war der größte Frauenheld aller Zeiten. Eigentlich hatte er lange Haare mit einer Schleife im Nacken. Auf die Schnelle konnte ich mir aber keine Mähne wachsen lassen, deshalb der Bart.« Er macht einen Schritt zur Seite. »Wollen wir ein bisschen rumlaufen?«

Unsicher nicke ich und schließe mich ihm an.

Am nächsten Stand bleiben wir stehen und betrachten die Wollsachen, die die Verkäuferin gerade auf der Ablage stapelt.

»Spielst du gerne Theater?«, erkundige ich mich, als die Stille zwischen uns unangenehm wird.

»Absolut. Ich will Schauspieler werden. Und was ist mit dir? Weißt du schon, was du nach der Schule machst?«

»Eigentlich nicht«, gebe ich zu. »Aber ich habe gerade ein Praktikum im Roll-In gekriegt.«

»Wow, das ist dieses superhippe Achterbahnrestaurant, in dem alles über Lifte und Schienen zu den Tischen geliefert wird, oder?«

Ich nicke.

»Also bist du ein Mädchen mit Stil.« Rafael schnappt sich

meine Hand und haucht einen Kuss darauf. Er kräuselt die Nase und schnuppert. Wahrscheinlich riecht sie nach Pommes. Noch einmal küsst er sie. Ich spüre seine feuchten Lippen auf meinem Handrücken. Spinnt der?

»Hey, Raf, übertreib es nicht«, ruft Pedro zu uns rüber und sieht mich entschuldigend an. »Er übt im Moment in Dauerschleife für seine Rolle.«

Na toll, dann bin ich wohl das Versuchskaninchen. Ruckartig ziehe ich meine Finger aus seinen. Rafael grinst, als würde er meine Gedanken lesen. Dummerweise denkt er gar nicht daran, sein Theatertraining zu beenden. Er greift nach einem Wollschal auf der Ablage und legt ihn mir um den Hals. Mit verträumtem Blick zupft er an einer meiner Haarsträhnen herum. »Du bist hübsch!«

Meine Wangen werden heiß. Schnell wickele ich den Schal ab und lege ihn zurück.

»Vor allem deine erdapfelfarbenen Haare und deine mausgrauen Augen gefallen mir.«

Hä? Erdäpfel sind doch Kartoffeln!? Seit wann sind meine Haare gelb? Ich schiele auf meine Schulter. Ganz eindeutig liegen kastanienbraune Strähnen darüber. Und meine Augen sind auch nicht mausgrau, sondern blaugrau. Wenn man es poetisch ausdrücken will, vielleicht Opalfarben oder meinetwegen nuanciert Ultramarin. Hilfe suchend schaue ich zu Liam, der nah genug ist, um uns hören zu können.

Doch er beugt sich über eine Kette mit Bärenanhänger und tut so, als würde er nichts mitkriegen. Mieser Verräter! Weil ich nicht weiß, was ich machen soll, probiere ich ein paar Handschuhe an. Sie kratzen noch mehr als Rafaels Bart vorhin. Deshalb ziehe ich sie gleich wieder aus.

»Magst du einen Liebesapfel?«, haucht Rafael. »Wir können ihn uns teilen.«

Ich schüttele den Kopf und hebe die Tüte mit den Maronen hoch. »Kastanien sind mir lieber.« Oh Mann! Da war mein Date mit dem Hardcore-Veganer ja besser. Ich bin echt kein Flirtprofi, aber der größte Frauenheld aller Zeiten war bestimmt nicht so plump. Wenn dieser Möchtegern-Verführer so weitermacht, fliehe ich rüber zu Paps und helfe ihm bei seinem Eisfigurenproblem. Dann kann Casanova meinetwegen mit dem aufblasbaren Schneemann weiterreden, der gerade neben Pedros Stand aufgestellt wird.

Zum Glück naht Rettung, denn gerade als ich mir ein paar Abschiedsworte zurechtlege, schlendern zwei Mädchen an uns vorbei. Sie begrüßen Rafael und halten an. Sofort beginnt er, ihnen Komplimente zu machen. Anders als bei mir kommt sein Verhalten bei ihnen gut an. Sie sind beeindruckt von seiner Rolle und tun so, als wäre er ein Hollywood-Star. Nehmen sie sein Gesäusel wirklich ernst? Dann hätten sie einen niedrigeren IQ als ein Knäckebrot.

Entgeistert verfolgt Liam, der endlich mal von seinem Bärenanhänger aufschaut, das Spektakel. »Das läuft jetzt nicht so wie geplant.«

Ich schüttele den Kopf. »Wohl eher nicht.«

»Lass uns zusammen Riesenrad fahren«, schlägt eines der Mädchen vor, woraufhin sich Rafael fragend zu mir umdreht.

»Geht ihr ruhig allein. Ich habe Höhenangst«, schwindele ich und schnappe mir eine Esskastanie, um sie zu schälen.

»Alles klar. Arrivederci, mia bella!« Rafael verabschiedet sich mit einer Verbeugung. Dann verschwindet er mit seinen Verehrerinnen zwischen den Marktbesuchern.

Grinsend schiebe ich mir die Marone in den Mund. Das Blind Date ist damit wohl beendet!

Pedro sieht mich zerknirscht an, als ich wieder zu ihm an den Stand trete. »Eigentlich ist Raf ein netter Kerl, aber seit dem Start der Theaterproben dreht er irgendwie durch.«

»Ich dachte echt, zwischen euch könnte es passen«, schaltet sich auch Liam ein und reicht Pedros Vater die Kette mit dem Bärenanhänger, um sie zu kaufen.

»Tja, da fehlte wohl die Magie zwischen uns. Vielleicht war ich Casanova aber auch zu mausgrau und erdapfelfarbig.«

Wir prusten los und endlich fühle ich mich wieder so befreit und glücklich wie vorhin.

»In Zukunft keine Blind Dates mehr!«, befehle ich meinem Freund und pike ihm in die Seite. Er soll endlich aufhören, mir irgendwelche schrecklichen Typen auf den Hals zu hetzen.

Erneut legt er einen Arm um mich. »Mal sehen. So schnell gebe ich nicht auf. Auf jeden Fall gehen wir beide in den nächsten Tagen mal zusammen shoppen und zum Friseur. Vielleicht gibt es im Roll-In einen heißen Theker oder Koch. Da musst du als Goldmarie aufschlagen und nicht als Lumpenmarie.«

»Blödmann!«, knurre ich und bewerfe ihn mit einer Maronenschale. Dann lehne ich mich an ihn und blinzele in den Himmel. Kleine Schafswölkchen ziehen über uns hinweg. Die Stimmen um mich herum werden leiser. Ich fühle nur noch das Kribbeln in meinem Bauch, das bei dem Gedanken an mein bevorstehendes Praktikum bis zu meinem Hals hinaufwandert. Ich kann kaum erwarten, dass es endlich losgeht!

KAPITEL 3

Come in and feel special!, steht auf dem Banner, das ein Typ gerade vor dem Roll-In aufhängt. Er ist höchstens ein paar Jahre älter als ich, trägt Röhrenjeans und ein schwarzes Hemd. Seine hellblonden Haare sind ähnlich wie bei Liam nach oben gegelt. Ich sauge die Worte auf dem Banner ein und fühle das freudige Kribbeln bis in die Zehenspitzen. Endlich beginnt mein Praktikum. Die letzten zwei Wochen sind so langsam vergangen, als hätte jemand auf eine Slow-Motion-Taste gedrückt. Paps hat unermüdlich an seinen Eisfiguren gearbeitet und mittlerweile die wahrscheinlich hundertneunundneunzigste Schneekönigin gemacht. Er wird immer besser. Man kann die Königin schon gut erkennen. Der Schlittschuhplatz wurde aufgebaut und kommt super an. Meistens ist es gerammelt voll. Auch bei Ernie herrscht Hochbetrieb. Und obwohl mir mit der Schule, dem Imbiss und ein paar Besuchen auf dem Weihnachtsmarkt mit Liam nicht langweilig geworden ist, habe ich die Tage bis heute gezählt. Nun bin ich hier. Vor dem Roll-In.

»Weiter hoch und mehr nach rechts, Cedrick«, sagt eine Frau, die neben der Restauranttür steht und mit zusammengekniffenen Augen nach oben schaut. Es ist Emilia McAllan, die Besitzerin des Roll-Ins. Ich habe ihr Bild im Internet gesehen. Der Pagenschnitt ihrer rabenschwarzen Haare lässt sie etwas streng und gleichzeitig geheimnisvoll wirken. Sie trägt dunkle Kleidung und einen leuchtenden roten Lippenstift mit passend lackierten Fingernägeln.

»So?«, fragt der Typ. Er schaut von der Leiter hinunter. Als er mich sieht, lächelt er. »Hi!«

»Hi«, antworte ich mit belegter Stimme. »Ich bin Luzie.«

Nun dreht sich Emilia McAllan zu mir um. Sie mustert mich. Ich bin froh, dass Liam mich noch zu einem Friseurbesuch genötigt hat. So fühle ich mich ein kleines bisschen selbstsicherer als sonst. Die Chefin hält mir ihre Hand hin. »Hallo, ich bin Emilia McAllan.« Ihr Händedruck ist fest. »Und du bist unsere Praktikantin, nicht wahr?«

Ich nicke.

»Gut, Cedrick befestigt noch das Banner, dann zeigt er dir alles und du kannst dich bei Sergio in der Küche melden. Er wird dir ein paar Aufgaben geben.«

»Okay!« Ich blicke ihr hinterher. Energischen Schrittes läuft sie zurück ins Innere des Restaurants.

Cedrick hängt das Banner so auf, wie sie es gewünscht

hat, dann klettert er von der Leiter und hält mir lächelnd die Tür auf. »Na, dann *come in and feel special!*«

»Danke.«« Mit klopfendem Herzen trete ich ein. Drinnen hebe ich staunend den Kopf. Das gesamte Restaurant ist mit Eisenschienen durchzogen. Sie schrauben sich an Belüftungsrohren direkt unter der Decke entlang, werden in Spiralen hinunter an die Tische aus dunklem Holz geleitet und ziehen sich zwischen Säulen und schimmernden Lampenschirmen hindurch. Das Ganze wirkt wie eine Miniatur-Achterbahn, bei der man vergeblich den Anfang und das Ende sucht. »Wow!« Ich habe es bisher nur einmal kurz gesehen, als ich meine Bewerbung abgegeben habe.

»Cool, nicht wahr?«, fragt Cedrick. Er zeigt auf ein Podest im Zentrum des Raumes. Es wird von einem Geländer umrahmt. In dessen Mitte steht ein großer Tisch mit Stühlen. »Das hier ist der VIP-Bereich. Wir nennen ihn auch Tornadobühne.«

»Weil die Schienen so trichterförmig verlaufen«, überlege ich und Cedrick nickt.

»Das hier ist mein Reich.« Er lotst mich nach rechts zur Theke. Dort tritt er durch eine Öffnung und krempelt die Ärmel seines Hemdes hoch. Unwillkürlich muss ich an Liam und seinen Kommentar über die heißen Theker denken. Er hatte recht. Der Typ sieht gut aus. Vor allem sein verschmitztes Grinsen steht ihm. Allerdings löst er bei mir kein Kribbeln aus. Zumindest nicht mehr, als es die Aufregung in meinem Bauch ohnehin schon tut.

»Ich nenne diesen Ort die Pirateninsel«, fährt Cedrick fort und streicht liebevoll über die Ablage. Genau wie ich es bei Ernie gerne tue. Der Thekenbereich hat elegant geschwungene und glänzende Zapfhähne. An der Wand steht ein Regal mit Glasbrettern. Darin befinden sich Getränkeflaschen, die von Strahlern angeleuchtet werden und bunte Farbstreifen in sämtliche Richtungen werfen.

»Fehlt nur noch deine Augenklappe«, sage ich und Cedricks Grinsen wird breiter.

Eine Weile lasse ich meinen Blick schweifen und bemerke eine Treppe, die sich neben der Theke zu einer Galerie hinaufwindet. Die zieht sich über die gesamte Längsseite des Raumes.

»Oben rechts ist der Personalraum. Links daneben geht's in Emilias Büro«, erklärt Cedrick. »Es gibt vier Tische auf der Galerie und ganz am Rand ein Sofa mit einem Aquarium und einem an die Wand gemalten Hai. Die Haihöhle.«

»Haihöhle, Pirateninsel, Tornadobühne ... da bin ich jetzt aber gespannt, was ihr euch für die Küche und die Toiletten ausgedacht habt.« Ich zeige zu den beiden Türen unter der Galerie. Auf der einen sind silberne Figuren angebracht, die einen Mann und eine Frau zeigen. Bei der anderen handelt es sich um eine Schwingtür mit einem runden Glasfenster darin.

Cedrick gluckst. »Die Küche könnte man vielleicht Drachenbau nennen. Sie ist Sergios Reich.« Er legt einen Finger auf seine Lippen. »Aber lass ihn das ja nie hören. Sonst hast du ein Problem. Für das Klo kannst du dir selbst was einfallen lassen.«

Drachenbau klingt gar nicht gut, denke ich. Hoffentlich ist dieser Sergio nicht so, wie ich ihn mir gerade vorstelle. Schließlich muss ich mich gleich bei ihm melden und ihm helfen.

Ein Knall lässt mich zusammenzucken. Er dringt aus der Schwingtür zu uns heraus, gefolgt von einer knurrigen Stimme, deren Worte ich nicht verstehen kann. Sofort schiebt sich das Bild eines Drachen vor meine Augen, der in der Küche herumwütet und alles plattmacht, was ihm im Weg steht. Erschrocken schaue ich Cedrick an. Der nestelt aber nur unbeeindruckt an einem der Zapfhähne herum. »Sorry, ich muss in den Keller und ein neues Fass holen. Du kannst deine Sachen so lange in den Personalraum bringen. Danach begleite ich dich in die Küche. Gleich kommen die ersten Gäste. Du wirst also ordentlich was zu tun bekommen.« Er zwinkert mir zu und verschwindet in einer Tür hinter der Treppe, die mir erst jetzt auffällt.

Unschlüssig bleibe ich stehen, dann mache ich mich auf

den Weg. Das Zimmer für die Angestellten erinnert mich an den Umkleideraum in der Schulturnhalle. An der Wand hängen Haken. Ein paar Spinde stehen neben der Tür. Alles ist vollgestopft mit Klamotten, Schuhen und Taschen. In der Mitte des Raumes gibt es einen Tisch mit halb offenen Joghurtbechern, einer Brotdose und ein paar angefangenen Wasserflaschen. Und am Fenster befindet sich ein durchgesessenes Sofa mit Kissen und einer Wolldecke. Ich streife meinen Rucksack von den Schultern, ziehe die Jacke aus und lege sie in eine Ecke gleich neben ein Regal. Das wäre dann also das *Chaoszimmer*, überlege ich auf der Suche nach einem passenden Namen. Weil es hier gemütlich und nicht so perfekt durchgestylt ist wie der Rest, könnte man es auch *Kuschelkabine* nennen.

Gerade will ich die Tür öffnen, um wieder runterzugehen, da wird sie aufgestoßen und fliegt mir entgegen. Erschrocken mache ich einen Schritt zurück, doch da trifft mich schon das harte Holz an der Schläfe. »Autsch!« Ich halte meine Hand an die pochende Stelle und atme tief ein. Dabei steigt mir ein angenehmer Geruch nach Tannennadeln, Minze und irgendetwas Herbem in die Nase.

»Oh, sorry«, sagt jemand. Vor mir steht ein Junge mit blaugrauen Augen. Obwohl – eigentlich trifft es rauchgrau besser. Die braunen Haare des Jungen sind an den Seiten kurz geschnitten, oben aber länger und leicht verwuschelt.

Blinzelnd lasse ich die Hand sinken. Mein Auge tränt. Ich wische schnell über meine Wange.

»Bist du auch Theker hier?«, frage ich wenig einfallsreich.

»Manchmal, ja. Bist du okay?«, stellt er eine Gegenfrage und beugt sich vor, um meine Schläfe anzusehen. »Vielleicht solltest du Eis draufmachen.«

»Danke, es geht schon«, winke ich ab. Ich will nicht schon an meinem ersten Tag wie eine Jammerliese rüberkommen. Bestimmt lässt das Pochen gleich nach.

»Bist du sicher?«

»Ja, absolut.«

»Okay.« Der Junge zieht seine Jacke aus, legt sie auf einen Stuhl an der Wand und dreht sich zur Tür. »Dann mach's gut. Und sorry noch mal.« Er tritt an mir vorbei durch die Tür und verschwindet in Richtung Emilia McAllans Büro.

Unten ist Cedrick nirgends zu sehen. Ich warte kurz auf ihn, beschließe dann aber, nicht länger untätig herumzustehen, sondern mich in der Küche zu melden. Drachenbau hin oder her. So schlimm wird es schon nicht sein.

Vorsichtig luge ich durch die Schwingtür. Zwei Männer und eine Frau schwirren zwischen silbernen Arbeitsplatten und Kochplätzen herum. Die Küche ist riesig. Ernie würde hier wahrscheinlich fünfmal reinpassen. In der Mitte befinden sich zwei Kochinseln, über denen jede Menge Töpfe und Pfannen an Haken von der Decke baumeln. Das Schienensystem zum Losschicken der Speisen ist gleich rechts neben der Tür. Ich schiebe mich einen Schritt hinein über die schwarz-weißen Fliesen, die glänzen, als wären sie frisch poliert. An der gegenüberliegenden Wand entdecke ich einen mannshohen Backofen. Darin könnte man sicher einen Elefanten braten. Rechts davon stehen zwei Spülmaschinen. Helle Strahler leuchten von der Decke in jede noch so kleine Ecke.

»Hallo, ich bin Luzie«, sage ich zu niemand Bestimmten.

Der dickliche Mann hinten am Backofen und die Frau an der linken Kochinsel nicken mir zu. Der große, schlaksige Mann mit Halbglatze, einem stechenden Blick und tiefen Rillen an der Nase kommt zu mir. In der Hand hält er ein Messer, mit dem er gerade Fleisch bearbeitet hat. »Praktikantin?«

Ich nicke.

»Sergio«, stellt er sich vor und winkt mich mit zur rechten Kochinsel, wo ein Berg Kartoffeln aufgestapelt ist. »Schälen.« Er legt mir einen Schäler hin und wendet sich ab.

Unsicher starre ich ihm hinterher. Nach dem herzlichen Willkommen von Cedrick fühlt sich dieser Befehlston an wie ein Schlag in die Magengrube. Mit pochendem Kopf und ziehendem Bauch mache ich mich an die Arbeit.

»Hey, ich bin Karla«, wendet sich die Frau an mich. Sie steht mit dem Rücken zu mir und rührt in einem Topf. »Zuständig für die Soßen und Beilagen. Das da drüben ist Ludovico, unser Patissier. Er macht die besten Schokotörtchen der Welt.« Der dickliche Mann dreht den Kopf und nickt mir zu, bevor er sich wieder seiner Creme zuwendet, die er hingebungsvoll mit dem Schneebesen bearbeitet.

»Dann haben wir noch ein paar Küchenhilfen. Die kommen aber erst später.« Karla senkt die Stimme. »Sergio wirkt schlimmer, als er ist. Also lass dich nicht einschüchtern, ja?«

Dankbar lächle ich sie an. Ich werde mich hier schon reinfummeln. Draußen kommen die ersten Gäste, also beginne ich mit der Arbeit. Ich schäle Kartoffel um Kartoffel, wasche Salat, schnippele Gurken und räume das dreckige Geschirr in die Spülmaschine. Dabei merke ich gar nicht, wie schnell die Zeit vergeht. Zwischendurch bietet mir Karla immer wieder etwas zum Probieren an, sodass ich völlig vergesse, eine Pause einzulegen. Mein Magen ist voll und mein Gaumen von all den Gerüchen und Leckereien ein wenig überfordert. Sergio bleibt die ganze Zeit über wortkarg gegenüber mir und seinem Team. Immer wieder spüre ich seinen stechenden Blick auf mir. Natürlich beobachtet er mich und kontrolliert, ob ich meine Arbeit ordentlich mache. Ich gebe mir alle Mühe und versuche, meine Unsicherheit so gut es geht zu verstecken.

Abends nach meiner Schicht verlasse ich das Roll-In bis zum Hals voll mit neuen Eindrücken. Mein erster Tag als Praktikantin ist geschafft und ich bin furchtbar stolz auf mich. Ich glaube, ich habe mich nicht allzu dumm angestellt. Bestimmt erwarten mich die nächsten zwei Wochen jede Menge spannende Aufgaben.

Zu Hause telefoniere ich mit Liam, um ihm alles zu erzählen. Erst berichtet er von seinem Tag im Zoo. Er war mit dem Tierarzt unterwegs und durfte tatsächlich kleine Tigerbabys streicheln, als sie untersucht wurden. Bei den Spritzen, die der Arzt ihnen unter die Haut stach, um sie zu chippen, wurde es Liam ein bisschen schlecht. Ansonsten lief alles gut. Ich kann mir vorstellen, wie mein tierlieber Freund blass um die Nase wurde, als die kleinen Tiger sich gegen die Monsterspritze zur Wehr setzten. Wahrscheinlich hätte er sie dem Arzt am liebsten aus den Armen gerissen, um sie zu beschützen.

»Und? Gab's heiße Tierpfleger?«, erkundige ich mich neugierig.

»Zwei habe ich gesichtet. Leider sind sie nicht schwul, glaube ich. Und was ist mit dir? Hast du deinen sexy Theker getroffen?

»Absolut.«

»Echt?« Seine Stimme ist so laut, dass ich mein Phone von meinem Ohr weghalten muss.

»Cedrick ist oberheiß«, packe ich noch einen drauf.

»Erzähl!«

»Er ist cool und witzig, lässt sich lustige Namen für die verschiedenen Bereiche im Restaurant einfallen ...« Ich halte inne.

»Aber?«, hakt Liam nach.

»Was meinst du?«

»Na, da schwingt ein Aber mit. Ich höre es genau. Wo ist der Haken, Lu? Hat er eine Freundin?«

»Keine Ahnung.« Ich zucke mit den Achseln und verliere dabei fast das Handy, das ich mir zwischen Ohr und Schulter geklemmt habe. »Ehrlich gesagt ist mir das egal. Cedrick ist nett. Und ich bin froh, dass nicht alle so sind wie Sergio. Sonst wäre die Arbeit bestimmt schwieriger.«

»Nett?« Liam gibt einen Grunzlaut von sich. »Einfach nur nett? Dir ist nicht zu helfen, Lu, echt.«

»Ich kann doch nichts dafür, wenn es nicht klick macht, oder?«, beschwere ich mich. Als ich über meine Stirn streiche, die noch immer ein bisschen wehtut, muss ich an den Unfall mit der Tür im Personalraum denken. Bei diesem Tannennadel-Typen war das anders. In seiner Gegenwart wurde es mir sofort komisch. Allerdings kann das auch am

Schlag gegen meinen Kopf gelegen haben. Ich beschließe, den Unfall erst einmal für mich zu behalten. Sonst befeuere ich Liams Verkupplungsversuche noch mehr. Außerdem weiß ich nicht mal, wer der Junge ist oder wie er heißt.

Zum Glück beißt sich Liam nicht weiter an dem Thema fest.

»Mir tun alle Knochen weh«, sagt er gähnend. »Ich muss jetzt baden und den Geruch nach Affenpipi und Kamelhintern von mir waschen.«

Lachend hauche ich ein Küsschen ins Phone. »Ich wünsche dir einen guten zweiten Tag morgen.«

»Ich dir auch.«

Wir legen auf, und ich beschließe, es wie Liam zu machen und in die Badewanne zu gehen.

KAPITEL 4

Als ich am nächsten Vormittag das Roll-In betrete, pumpt mein Herz genauso wild wie gestern. Dieses Mal gehe ich durch den Hintereingang gleich neben der Küche hinein. Cedrick hat ihn mir gezeigt. Das Restaurant ist noch geschlossen. Nur wenige Lampen sind angeschaltet und ein schummriges Licht scheint durch die große Fensterfront am Eingang. Heute ist ein grauer, ungemütlicher Tag. Aber das ist mir egal, denn hier drin herrscht eine kuschelige Wärme. Auf der gegenüberliegenden Seite der Theke entdecke ich einen Flatscreen. Er ist bestimmt zwei Meter lang, hängt an der Wand und im Bildschirm flackert ein Kaminfeuer. Es knistert sogar leise. Obwohl es sich nur um eine Illusion handelt, wird es mir schlagartig wohlig warm.

»Ah, guten Morgen, Luzie.« Emilia McAllan kommt die Treppe runter. In den Händen hat sie einen Eimer, Lappen und einen Fensterwischer. »Du kannst deine Jacke gleich anlassen. Die Fensterfront muss gereinigt werden. Hier.« Sie drückt mir die Sachen in die Hand.

»Alles klar.« Ich wäre zwar lieber drinnen geblieben, aber

von der Arbeit bei Ernie bin ich es gewohnt, viel draußen zu sein. Wenn man sich bewegt, wird einem nicht so schnell kalt. Also los!

Das Fenster macht mir ganz schön zu schaffen. Ich brauche eine geschlagene Stunde, um die Front zu reinigen. Und noch eine weitere, um alles blitzesauber zu polieren. Erschöpft und durchgefroren komme ich wieder ins Innere des Restaurants.

»Hey, Luzie«, ruft Cedrick mir von der Theke aus zu. »Wenn du magst, mache ich dir einen heißen Kakao. Deine Nase ist so rot wie die von Rudi Rentier.« Er lacht, und ich kann mir ein Lächeln nicht verkneifen, obwohl sich mein Mund so steif gefroren anfühlt wie die Eiszapfen draußen an der Regenrinne.

Gerade will ich mich an die Theke setzen, da kommt Emilia aus der Küche. »Gut, dass ich dich sehe, Luzie, ich habe die nächste Aufgabe für dich.«

»Gönn unserer Praktikantin eine kurze Pause, ja?«, fordert Cedrick die Chefin auf. Die zieht ihre Stirn in Falten und ich lenke schnell ein.

»Nein, kein Problem, ich kann weitermachen.« Ich will nicht, dass sie denkt, ich wäre zu empfindlich für harte Arbeit.

»Gut, dann zieh deine Jacke aus, ich komme gleich in den Personalraum«, meint sie und geht hoch.

Ich eile ihr hinterher.

Kaum habe ich im Personalraum meine Jacke aufgehängt, da tritt Emilia ein. In den Armen trägt sie einen Berg aus weißem Stoff. »Würdest du das bitte anziehen?«

»Wow, das ist …«, ich zupfe daran herum und erkenne eine Strumpfhose und eine Art Watteanzug, an dem lange glitzernde Fäden hängen. Sie stehen in alle Richtungen ab. »Das ist …«

»Ein Schneekristall«, beendet Emilia mein Gestotter und hält mir ein Paar Rollschuhe hin. »Das ist Größe 38. Ich hoffe, sie passen.«

»Ähm, ja.«

»Es wäre schön, wenn du damit gleich Werbeflyer verteilen könntest.«

»Mhm.« Mehr kriege ich nicht raus. Ich soll in diesem Aufzug draußen rumfahren? Ist das ihr Ernst?

Offenbar schon, denn sie verschwindet mit einem zufriedenen Nicken und lässt mich mit den albernen Sachen allein. Oh Mann! Das Praktikum hatte ich mir echt anders vorgestellt. Ich atme tief durch, binde meine Haare zu einem Zopf und ergebe mich in mein Schicksal. Wenig später bin ich eingehüllt in weißen Glitzertüll. Ich sehe aus wie ein überdimensionaler Wattebausch mit Beinen und Armen. Absolut lächerlich! Am liebsten würde ich mich im Klo verstecken. Ich überlege, ob ich so tun soll, als ob ich nicht Rollschuh fahren kann. Aber wahrscheinlich besteht Emilia trotzdem darauf, dass ich im Kostüm Werbung mache. Da sind mir Rollen unter den Füßen lieber als meine Boots, denn ich kann mich schneller aus dem Staub machen, wenn mir jemand begegnet, den ich kenne. Seufzend stülpe ich mir meine weiße Wollmütze über den Kopf und binde den Schal um den Hals. Farblich passt beides zum Outfit und ich fühle mich nicht ganz so ... nackt. Nur einen schmalen Schlitz für die Augen werde ich frei lassen. Dann bleibe ich quasi inkognito. Hoffentlich!

Cedrick kriegt sich kaum ein, als ich runterkomme. »Ab sofort nenne ich dich Flöckchen«, lacht er und wischt sich Tränen aus den Augenwinkeln.

»Haha.« Ich werfe ihm einen vernichtenden Blick zu, setze mich an die Theke und ziehe die Rollschuhe an. Mitleidig schiebt er mir eine heiße Schokolade hin, die er für mich vorbereitet hat. Ich nippe daran und genieße die süße Milch, die mir warm den Rachen runterläuft und sich in meinem Bauch ausbreitet. Schnell trinke ich noch einen Schluck hinterher.

»Immerhin hast du Begleitung.« Cedrick deutet mit dem Kopf in Richtung Flatscreen. Da sitzt der Junge von gestern. Vor lauter Selbstmitleid hatte ich ihn gar nicht bemerkt. Sofort wird mir noch wärmer. Was aber auch an der Schokolade liegen kann. Er trägt einen eleganten weißen Anzug, der ihm ausgesprochen gut steht, und schnallt sich auch gerade ein Paar Rollschuhe an. Dabei macht er dasselbe leidende Gesicht wie ich.

Mit zwei Taschen voller Flyer kommt Emilia die Treppe hinunter. »Sehr gut, ihr zwei seid fertig.«

Bevor ich ihr folge, mache ich ein paar Vor- und Rückwärtsbewegungen. Es funktioniert gut. Man hat deutlich mehr Halt als auf Schlittschuhen. Die Augen des Jungen weiten sich und ein amüsiertes Grinsen zuckt um seine Mundwinkel, als er mich sieht. Unsicher rolle ich zu ihm und Emilia rüber. Wieso muss ich als überdimensionale Schneeflocke rumrennen, während er sich fast normal anziehen darf?

»Vergiss nicht deine Kopfbedeckung, Nick«, sagt die Chefin in einem Befehlston, der keine Widerrede zulässt. Murrend schnappt er sich eine Mütze, die wiederum mir ein Grinsen ins Gesicht zaubert. Es handelt sich um einen riesigen weißen Schneekristall. Er glitzert nicht weniger als mein Kostüm und die fünf langen Zacken stehen mindestens zwanzig Zentimeter weit in alle Richtungen ab. Wie eine weiße Krone mit verbogenen Spitzen sieht das aus. Okay, ich nehme alles zurück. Jetzt herrscht in puncto Peinlichkeit Gleichstand zwischen uns.

»Muss das denn sein?«, stöhnt er.

Emilia nickt und reicht uns die Taschen. »Du weißt doch:

Jenseits deiner Komfortzone fängt das wahre Leben erst an. Also, los geht's!«

Emilia wendet sich mir zu und der Junge rollt hinter ihrem Rücken mit den Augen. »Kennt ihr beiden euch schon?«, fragt sie. »Nick, das ist Luzie, die neue Praktikantin. Luzie, das ist Nick, mein Sohn.«

Sohn? Überrascht schaue ich zwischen den beiden hin und her. Tatsächlich fallen mir ein paar Ähnlichkeiten auf. Sie haben fast die gleiche Augenfarbe. Und auch die gerade Nase. Nur Emilias glatte schwarze Haare passen so gar nicht zu Nicks braunem Wuschelkopf.

»Hi noch mal, Leidensgefährtin«, wendet sich Nick an mich.

»Hi.« Meine Stimme klingt kratzig. Ich presse ein Lächeln hervor.

»*Come in and feel special*«, tönt Emilia im selben Augenblick. »Das ist unser neues Motto, und das präsentiert ihr mit euren besonderen Outfits und den Rollschuhen, die auf unseren Namen *Roll-In* verweisen. Fahrt am Weihnachtsmarkt vorbei. Durch die Stadt, vielleicht zum Bahnhof und zur Schule.«

»Schule?« Meine Alarmglocken klingeln so laut, dass ich einen Moment lang nichts anderes mehr höre. Ich werde definitiv nicht zur Schule fahren. Das kann Emilia vergessen. Widerwillig rollen Nick und ich zur Tür. Als ich zu

Cedrick rüberschaue, dreht er sich schnell weg und angelt eine Flasche aus dem Regal. Seine Schultern zucken. Er lacht sich halb tot. Und ich kann es ihm nicht mal verübeln.

Draußen scheint uns die Sonne entgegen. Sie hat sich durch die Wolken gekämpft und schickt ihre hellen Strahlen zu uns runter. Zum Glück wärmen sie wenigstens unsere Gesichter ein kleines bisschen.

»Du hast wohl nicht gedacht, dass du bei deinem Praktikum als menschgewordener Eiskristall durch die Gegend fahren musst, oder?« Nick schwankt ein bisschen und ich reiche ihm instinktiv die Hand. Er greift danach, damit er nicht hinfällt. Kurz geraten wir ins Straucheln, können uns aber gerade noch fangen. Seine Finger sind weich und warm und hinterlassen ein Kribbeln auf meinen Händen und in meinem Bauch.

»Sorry, ich bin lange nicht mehr gefahren«, meint er, nachdem er meine Hand wieder losgelassen hat.

»Kein Problem. Und, nein, ehrlich gesagt dachte ich nicht, dass ich so was machen muss.«

Nick lacht. »Meine Mutter ist immer für eine Überraschung gut.«

Mein Paps auch, denke ich und drücke einem Passanten den ersten Zettel in die Hand. Je eher unsere Taschen leer sind, desto schneller hat der Tüll-Spuk ein Ende.

»Was macht deine Stirn eigentlich?«

Im ersten Moment weiß ich nicht, was Nick meint, und fasse mir an die Mütze. Dann fällt es mir wieder ein. Er denkt an den kleinen Unfall mit der Tür gestern.

»Alles gut, danke!«

»Super. Wollen wir Richtung Weihnachtsmarkt?«

Ich nicke. Um die Uhrzeit wird dort noch nicht viel los sein. Vielleicht können wir die Flyer auch an ein paar Ständen ablegen. Dann nehmen sich die Leute selbst welche und wir sind schneller fertig.

»Wieso kannst du eigentlich so gut Rollschuh fahren?«, erkundigt sich Nick, der immer wieder mal ins Straucheln gerät. »Fährst du viel Inliner, oder spielst du Eishockey?«

»Nee, ich fahre seit Jahren im Winter Schlittschuh. Hat meine Mutter mir beigebracht. Und jetzt hat mein Vater eine Eisbahn eröffnet. Sie steht beim Skateplatz hinterm Weihnachtsmarkt.«

»Ah ja, den Platz kenne ich. Es ist allerdings schon eine Weile her, dass ich da war.«

»Dann musst du mal vorbeischauen und uns besuchen.« Ich hoffe, dass Nick das nicht als komische Anmache auffasst. »Es hat sich einiges geändert, seit mein Paps sich den Platz vorgenommen hat«, schiebe ich schnell hinterher.

»Das mach ich gern, wenn meine Mutter mich nicht

mehr so viel einspannt.« Nick drückt einem Passanten einen Flyer in die Hand.

»Arbeitest du viel im Roll-In?«, frage ich neugierig.

»Hin und wieder neben der Schule. Ein paarmal war ich mit Cedrick und seiner Kollegin Marie an der Theke. Dann bin ich zum Mädchen für alles geworden. Genau wie du.« Ein Grinsen huscht über sein Gesicht, und ich fahre fast gegen einen Spaziergänger, weil ich fasziniert seine Lippen anstarre. *Reiß dich zusammen*, ermahne ich mich und reiche dem Mann einen Flyer.

»Klingt auf jeden Fall abwechslungsreich«, greife ich das Thema wieder auf, als wir weiterfahren. Es ist schön, mit Nick unterwegs zu sein. Wenn man von den Kostümen mal absieht.

Er lacht. »Oh ja, langweilig wird es nie.«

Wir erreichen den Weihnachtsmarkt und rollen langsam durch einen der Gänge. Wie erwartet ist noch nicht allzu viel los.

Jedem, dem wir begegnen, drücken wir einen Flyer in die Hand.

»Dahinten neben dem Riesenrad gibt es einen Maronen-Stand«, erzähle ich und zeige rüber zu dem Mann mit dem riesigen dampfenden Topf. »Magst du so was?«

»Klar. Ich hole uns welche, okay?« Schon eilt Nick davon und ich blicke ihm lächelnd hinterher. Er ist nicht der

Typ, der mir einen Liebesapfel aufdrängt oder irgendwelche kratzigen Schals umhängt. Er teilt meine Vorliebe für Maronen und spendiert sogar eine Runde. Das macht ihn prompt noch sympathischer als zuvor. Schnell lege ich eine Handvoll Flyer auf einen Tisch und folge ihm. Ich mache gerade eine Kurve um den Weihnachtsbaum, der in der Mitte des Marktes steht, da entdecke ich Grand-mère und Grand-père. Sie schauen sich Schmuck an einem Stand an und unterhalten sich mit einem Pärchen in ihrem Alter. Unschlüssig halte ich an. Dann sehe ich auch noch Paps. Er läuft mit zwei Einkaufstaschen durch einen der Gänge zur Weihnachtsmarkt-Mitte und damit direkt auf meine Großeltern zu. Nun schiebe ich mich in die Äste des Tannenbaums, blinzele zwischen den Nadeln hindurch und halte den Atem an.

Meine Großeltern setzen sich in Bewegung, entfernen sich ein Stück vom Stand, drehen sich in die Richtung, aus der Paps kommt. Genau im gleichen Augenblick bemerken sie sich gegenseitig. Meine Großeltern stocken, wirken genauso unschlüssig wie ich gerade eben. Grand-père streicht sich durch die Haare. Grand-mère wird blass. Paps verlangsamt seine Schritte, bleibt stehen. Einen Moment lang starren sie sich an wie Feinde in einem Westernfilm. Statt Revolver tragen sie Einkaufstaschen. Statt staubiger Straßen knirscht Schnee unter ihren Füßen. Und natürlich fehlt auch die für Westernfilme typische Drama-Musik. Von irgendeiner Bude schallt ein fröhliches *Jingle Bells*-Gedudel herüber. Trotzdem steht für mehrere Herzschläge die Zeit still, und die Anspannung zwischen meinen Großeltern und meinem Paps wird so stark, dass man sie fast greifen kann. Ich beuge mich weiter vor, bis die Tannennadeln in mein Gesicht piken. Früher sind wir zusammen über den Markt geschlendert, haben gelacht, Geschenke gekauft und Zuckerwatte gefuttert. Dann kam der große Streit und alles wurde anders. Wieder schlucke ich. Die Eiszeit zwischen ihnen ist unerträglich.

Jetzt kommt Bewegung in meine Großeltern. Sie drehen sich weg. Genau wie Paps. Er verschwindet in dem verzweigten Labyrinth der Weihnachtsmarkt-Gänge.

Ich seufze. Meine Familie verhält sich wie streitende Kleinkinder. Allerdings sind die nie lange beleidigt. Sie lassen ihren Ärger raus und schon ist wieder alles gut. Zwischen meinen Familienmitgliedern hingegen existiert eine Wand aus Schwermetall: unüberwindbar, unzerbrechlich, hart wie ein Felsen.

»Hola, Luzie, bist du das? Was suchst du denn in der Tanne?«

Ich zucke zusammen und gerate so sehr ins Schwanken, dass ich fast hinfalle. Hinter mir steht Pedro. Er hat mich trotz meiner Mütze-Schal-Tarnung erkannt. Mist!

»Hi, äh, ich schaue mir die Deko an. Die ist so – bunt.« Halbherzig zupfe ich an einer rosa Christbaumkugel mit schimmernden Perlen herum, die so kitschig ist, dass es wehtut.

Pedro haucht mir zwei Küsschen auf die Wolle über meiner Wange.

»Hi, da bin ich wieder.« Nun kommt auch noch Nick zu uns. Er hat eine Tüte Maronen in der Hand, bietet mir welche an und mustert Pedro interessiert.

»Das ist Pedro, ein Kumpel meines besten Freundes Liam. Seine Eltern haben hier einen Stand. Und das ist Nick. Wir arbeiten zusammen im Roll-In«, stelle ich die beiden einander vor, schnappe mir eine Kastanie und schiele noch einmal möglichst unauffällig durch die Äste hindurch. Meine Großeltern sind weg. Zum Glück!

Nick hält Pedro auch die Tüte hin.

»Schickes Outfit«, zieht der mich auf, während er sich eine Marone schnappt und sie zu schälen beginnt.

Ich schnaufe hörbar. »Ja, ich dachte, ich gehe heute mal als Flöckchen raus. Hatte nichts anderes anzuziehen.«

»Sehr sexy.« Pedro lacht. »Sorry übrigens noch mal wegen Rafael neulich. Solche Blind Dates braucht kein Mensch. Er hat nach dir gefragt. Aber ich denke, du willst ihn nicht wiedertreffen, oder?«

»Richtig gedacht«, antworte ich knapp. Ich bemerke

Nicks fragenden Blick von der Seite und rolle unruhig vor und zurück. Welches Bild er sich wohl gerade von mir macht? Hoffentlich denkt er nicht, ich würde mich ständig mit irgendwelchen Unbekannten treffen.

»Du hast jetzt ja auch eine bessere Begleitung«, sagt Pedro. »Zwei so hübsche Eiskristalle wie ihr beide passen viel besser zusammen als eine Schneeflocke und ein bärtiger Casanova.«

Oh Mann! Hitze schießt mir in den Kopf. Muss Pedro vor Nick solche Sprüche reißen? Schnell ziehe ich die Schultern hoch, sodass mein Schal weiter nach oben rutscht.

Doch statt peinlich berührt zu sein, prustet Nick los und bietet Pedro noch mehr Maronen an. Er hat Sinn für Humor. Das gefällt mir. »Was für ein Casanova denn?«, will Nick wissen.

»Ach, das ist eine längere Geschichte.« Ich winke ab und konzentriere mich auf das Schälen meiner Kastanie, die ich bis eben in der Hand gehalten habe.

Doch Nick lässt mich nicht vom Haken. »Wir müssen noch die halbe Stadt abfahren. Also haben wir jede Menge Zeit.«

»Viel Spaß euch«, verabschiedet sich Pedro. Er geht zu seinem Stand rüber, winkt uns noch einmal zu und zuckt vielsagend mit den Augenbrauen. Blödmann!

Während Nick und ich uns wieder in Bewegung setzen,

erzähle ich in kurzen Sätzen von dem misslungenen Date auf dem Markt und von Liam, der mich ständig verkuppeln will und selbst auf der Suche nach seinem Mister Right ist.

»Klingt nach einem guten Freund«, schließt Nick meinen Bericht.

»Liam ist der Beste. Auch wenn er manchmal etwas nervt.«

»Das kenne ich«, antwortet er.

Gerne würde ich wissen, was er meint, doch da hält uns ein Pärchen auf. Es will wissen, weshalb wir in dieser Montur durch die Gegend rollen. Wir geben ihnen einen Flyer und sie erkundigen sich nach dem Restaurant. Schon stecken wir mitten in einer Werbeveranstaltung. Nick berichtet mit echter Begeisterung vom Roll-In. Man merkt ihm an, dass er gerne ein Teil davon ist. Gebannt hänge ich an seinen Lippen, reiße mich aber irgendwann davon los. Ich darf mich nicht so sehr auf ihn konzentrieren. Im Moment warten andere Aufgaben auf mich. Zu viel Ablenkung kann ich da nicht gebrauchen.

KAPITEL 5

Zurück im Roll-In gehe ich sofort in den Personalraum, um die Kleider loszuwerden. Nick wartet so lange an der Theke, bevor auch er sich umziehen will. Als ich wieder in meinen Klamotten auf die Galerie trete, kommt unten gerade eine Gruppe Teenager rein. Allen voran das hübscheste Mädchen, das ich je gesehen habe. Sie hat hüftlange, karottenfarbene Haare, dunkle Augen und ein Strahlen auf den glänzenden Lippen, das sofort ansteckend ist. Die Jungs und Mädchen hinter ihr lümmeln sich an drei Tischen beim Lagerfeuer-Flatscreen. Sie alle wirken, als würden sie hier täglich ein und aus gehen. Bevor sich das Mädchen zu ihnen setzt, macht sie einen Abstecher an die Bar. Nick hat die peinliche Kopfbedeckung ausgezogen. In seinem schneeweißen Anzug sieht er richtig gut aus.

»Annika, hi«, ruft Cedrick dem Mädchen über die Theke zu. Sie begrüßt ihn fröhlich, ordert für sich und ihre Freunde Milchshakes und zieht Nick in eine Umarmung.

»Du siehst schick aus.« Sie zupft an seinem Jackett.

Lächelnd zeigt er auf ihren grün glänzenden Mantel. »Du auch.«

Ich schlucke. Die beiden sehen vertraut miteinander aus. Ob sie zusammen sind? Ich hätte mir ja denken können, dass ein Typ wie Nick schon vergeben ist. Wie gut, dass ich mich auf andere Dinge konzentrieren will. *Also vergiss den Typen wieder. Vergiss ihn, vergiss ihn,* befehle ich mir und gehe die Treppe runter.

Annika flüstert Nick etwas ins Ohr, das ihn so amüsiert, dass er sich kaum mehr einkriegt. Dann läuft sie rüber zu ihren Freunden.

Nick steht auf und kommt hoch. Als er an mir vorbeigeht, weht mir sein Duft in die Nase. Ein Kribbeln breitet sich in meinem Bauch aus. Oh Mann, wie soll ich ihn ignorieren, wenn seine Gegenwart meine Gefühle tanzen lässt?

An der Theke erkundigt sich Cedrick, ob ich einen Kaffee haben will. »Ich mache den besten der Stadt«, gibt er an, als ich den Kopf schüttele. Dann schiebt er mir einen Vanilleshake zu. Also gönne ich mir die kleine Pause und genieße die süße, schaumige Flüssigkeit. Immer wieder schiele ich rüber zu der Teenager-Gruppe, deren Lachen und Quieken durch den ganzen Raum schallt.

Cedrick zaubert in Windeseile weitere Vanille-, Erdbeer-, Schokoladenshakes und steckt sie an die Getränkehalterungen auf den Schienen bei der Theke. Dann zischen die

Gläser los quer durch das Restaurant. Ich schaue ihnen hinterher, bis sie an ihrem Ziel ankommen. Für die Getränke und Teller gibt es Deckel und verschieden große Klemmvorrichtungen, damit sie auf den Tabletts an den Schienen sitzen und nicht abstürzen. Es ist faszinierend, dass nie etwas verschüttet.

»Das da drüben sind die Mädels und Jungs aus der Eishockey-Mannschaft. Sie nennen sich die Blauen Wölfe«, erklärt Cedrick, weil er meine neugierigen Blicke bemerkt. »Annika ist der Captain des Frauenteams.«

»Ah, okay!« Ich stelle mir diese Annika in einem Eishockey-Trikot mit Schulterschutz, Helm und dunkler Kriegsbemalung vor. Wahrscheinlich sieht sie dann noch immer umwerfend aus. Unsicher nestele ich an meinem anthrazitfarbenen Pulli herum und fühle mich zum ersten Mal doch ein bisschen wie Lumpenmarie, oder zumindest wie das graue Mäuschen, als das Rafael, alias Casanova, mich neulich quasi bezeichnet hat. Schnell schiebe ich die Gedanken beiseite und trinke den Rest meines Shakes. Der Laden wird immer voller. Eine große Gruppe trifft ein. Anscheinend auch Sportler, denn sie sehen alle ziemlich durchtrainiert aus.

»Du solltest lieber in die Küche gehen«, meint Cedrick zu mir. »Für heute sind hier zwei Firmenweihnachtsfeiern angemeldet.«

Ich nicke, wische meinen Mund mit dem Handrücken ab und mache mich auf den Weg. Sergio delegiert mich sofort an die Spülmaschine. Außer Karla, Ludovico und ihm sind heute zwei weitere Küchenhilfen da. Gerade will ich mich bei ihnen vorstellen, da bricht die Hölle los. Eine Bestellung nach der anderen landet in der Küche. In Dauerschleife spuckt der Monitor neben der Tür die Essenswünsche der Gäste aus. Die Belege ihrer Tischcomputer landen direkt hier.

»Anschnallen, Leute!«, ruft Sergio, und Karla wispert mir zu: »Damit meint er einen von Emilias Lieblingssprüchen: *Wenn es holprig wird, steigt man nicht aus, sondern schnallt sich an*. Es ist quasi unser Küchen-Motto.«

»Alles klar.« Ich beginne damit, die Maschine auszuräumen und das saubere Geschirr in die Regale daneben zu stellen. Eigentlich dachte ich, ich wäre Küchenarbeit gewohnt. Immerhin ist Ernie eine Art Miniküche auf Rollen. Aber die To-dos in unserem Food Truck kann man hiermit nicht vergleichen. Während die Leute bei Ernie brav Schlange stehen und man eine Bestellung nach der anderen abarbeiten kann, wollen die Gäste an den Tischen hier ihr Essen natürlich zusammen bekommen. Und nun scheint mindestens ein weiteres Dutzend Leute den Laden gekapert zu haben, denn der Computer spuckt unaufhörlich Bestellzettel aus.

Sergio, Karla und Ludovico wirbeln herum, als wären sie Zauberer in einer Show. Irgendwie sind sie das ja auch. Sergio hackt so schnell Petersilie, Schnittlauch und Basilikum, dass mir allein vom Anblick schwindelig wird. Das Messer klackert pfeilschnell auf dem Brettchen herum. Dann wirft er alles in eine Pfanne mit Fleisch und wendet es mit ein paar gekonnten Schwüngen aus dem Handgelenk. Feuerfunken fliegen dabei nach oben. Karla tänzelt an der anderen Kochinsel zwischen Töpfen herum, ohne auch nur eine Sekunde stillzustehen. Sie probiert hier eine Soße, würzt da etwas nach und wühlt in einem der Kühlschränke an der Wand herum.

Ludovico schmeißt seine Knetmaschine an, streut letzte Schokoladendrops auf einen Eisnachtisch und schnippelt zeitgleich Obst für eine hawaiianische Creme. Die beiden Küchenhilfen schlängeln sich zwischen den dreien hindurch, machen Arbeitsflächen sauber, waschen Salat, schneiden Zwiebeln, bereiten Teller bei der Anrichte vor und dekorieren sie. Sergio verteilt schlussendlich das Essen darauf und schickt es per Schienenband auf die Reise zum jeweiligen Tisch.

Zunächst erscheint mir das Rumgewusel ein bisschen chaotisch, doch als ich genauer hinsehe, wird mir klar, dass alle genau wissen, was sie tun müssen. Jeder hat seine Aufgaben, und Sergio als Chef leitet sie an, indem er immer wieder irgendwelche Anordnungen herumbrüllt. Im Grunde funktioniert die Küche wie ein perfekt geöltes Uhrwerk. Fasziniert und frustriert zugleich verrichte ich meine eintönige Aufgabe. Ich gehöre nicht richtig dazu, spüle nur Teller ab, bin Beobachterin. Eigentlich hatte ich gehofft, ein größerer Teil des Ganzen sein zu dürfen. Ich wünschte, ich könnte Geheimrezepte kennenlernen, ein paar Tricks und Kniffe mitnehmen, vielleicht auch mal meine eigenen Erfahrungen vom Food Truck einbringen. Diese Profis hier brauchen aber sicherlich keine Tipps, wie man Currywurstsoße herstellt oder wie lange man Pommes im Fett braten muss, damit sie nicht zu kross und nicht zu matschig, sondern goldgelb und fluffig werden. Abgesehen davon habe ich das Gefühl, dass ich nur im Weg stehen würde, wenn ich mich vom Waschbecken und der Spülmaschine entferne. Das wäre fast so, als ob ich mit einem klapprigen Fahrrad auf einer Autobahn lande und für Verkehrschaos sorge.

»Nicht träumen«, murrt Sergio, der seine Augen überall zu haben scheint und bemerkt hat, dass ich langsamer geworden bin. Eilig lade ich die nächste Fuhre der Maschine aus und stapele das saubere Geschirr übereinander. Schweiß steht mir auf der Stirn und ich wische mit dem Handgelenk darüber.

Als ich abends das Roll-In verlasse, sind meine Füße schwer wie Blei. Ich fühle mich so erschlagen, als hätte ich eine Bergwanderung gemacht, drei Tage nicht geschlafen oder einen Zusammenstoß mit einem Lkw gehabt. Erschöpft trete ich aus dem Hintereingang und sauge die eisige Luft ein. Einen Moment lang lähmt sie mich. Dann rüttelt sie mich wach. Noch einmal atme ich tief durch.

»Na, endlich Schluss für heute?«, sagt eine Stimme.

Erschrocken wirbele ich herum. Cedrick lehnt an der Wand und raucht eine Zigarette.

Ich nicke. »Ja, endlich.«

»Ist nicht so leicht, was?«

Nun schüttele ich den Kopf. »Ich dachte, ich wäre harte Arbeit gewohnt, aber das stimmt wohl nicht.«

Cedrick zieht an der Zigarette und pustet dann weiße Wölkchen hervor, die sich, wie die Schienen im Roll-In, hinauf in den Himmel schrauben. »In ein paar Tagen wird es besser, glaub mir. Man gewöhnt sich dran.«

»Ehrlich gesagt bin ich mir nicht sicher, ob ich mich daran gewöhnen will.« Ich stelle mich neben ihn. »Versteh mich nicht falsch. Ich habe schon Lust, hier zu sein, aber ...« Ich verstumme, weil ich gar nicht richtig weiß, was ich sagen will.

»Aber du hattest dir mehr erwartet, als Schneeflöckchen zu spielen, Fenster und dreckiges Geschirr zu putzen.«

»Irgendwie schon«, gebe ich zu.

Er lächelt. »Du hast gerade erst angefangen. Bestimmt gibt Emilia dir noch spannendere Aufgaben. Sie sagt immer: *Am Ende wird alles gut. Wenn es noch nicht gut ist, ist es noch nicht das Ende.* Also warte ab.«

»Sie hat offenbar viele Sprüche auf Lager«, erwidere ich und Cedrick lacht.

»Jep. Ein kleiner Tick von ihr. In ihrem Büro schaut sie sich oft YouTube-Videos darüber an, wie man sein Team motiviert. Ich find's lustig.« Er schnippt seine Zigarette weg. »Warte kurz, ich fahre dich heim.«

Ich winke ab. »Nicht nötig, echt.«

»Keine Widerrede, es ist arschkalt, du hattest einen heftigen Tag. Ich habe auch Feierabend und mein Auto steht da vorne.«

Wenig später steige ich in Cedricks klapprigen VW-Bus. Stolz erzählt er mir, dass er seinen Führerschein seit einem halben Jahr und diesen Wagen von seinem Großvater bekommen hat. Mein Blick fällt auf ein laminiertes Bild, das am Rückspiegel baumelt. Darauf ist ein halb nackter Mann zu sehen, der an einen Baum gebunden wurde und in dessen Körper ein paar Pfeile stecken. »Hat dein Opa das da hingehängt?«, erkundige ich mich.

»Nein, das ist von mir. Besser gesagt von dem Barockmaler Peter Paul Rubens. Mein Ex-Freund hat mir das Bild geschenkt. Der heilige Sebastian ist der Schutzpatron der Schwulen und mein Ex fand ihn echt heiß.«

»Ach so.«

»Ich kenne mich ein bisschen mit Malern aus, weil ich seit einem Semester Kunstgeschichte studiere. Im Roll-In arbeite ich nur nebenher.«

»Dann kannst du mir bestimmt bei meinem nächsten Kunstreferat helfen«, scherze ich und Cedrick beginnt wieder zu lachen.

»Klar, kleines Luzi-Flöckchen. Das mache ich gerne.«

Als wir vor meiner Haustür angekommen sind, drücke ich Cedrick ein Küsschen auf die Wange. Obwohl ich ihn kaum kenne, habe ich das Gefühl, ihm vertrauen zu können. Er ist ein bisschen wie Liam: lustig, direkt und ehrlich. Vielleicht sollte ich die beiden einander vorstellen. Sie würden sich bestimmt verstehen.

Mit einem Hupen braust er davon und ich öffne die Tür. Müde beschließe ich, keine Verkupplungsversuche zu starten. Ich mag es schließlich auch nicht, wenn Liam das bei mir tut. Also sollte ich ihn mit so etwas in Ruhe lassen.

Die nächsten beiden Tage werden leider nicht besser. Ich bin weiterhin in der Küche eingeteilt, wo das dreckige Geschirr auf mich wartet und quasi meine Hauptaufgabe ist. Cedrick wirbelt hinter der Theke herum und hat so viel zu tun, dass wir kaum zwei Worte miteinander wechseln. Und auch Nick sehe ich nur zweimal kurz.

Das eine Mal sitzt er oben zwischen den Schienen, die sich von der Mitte der Tornadobühne nach oben schrauben. Ich komme gerade zu meinem Schichtbeginn ins Restaurant und starre ihn an wie einen Außerirdischen.

»Was machst du da?«, rufe ich zu ihm hoch.

»Sieht man doch. Ich fahre Achterbahn«, erwidert er lässig und grinst mich an.

Jetzt bemerke ich den Schraubenzieher in seiner Hand und verstehe, dass er nicht freiwillig in der Luft herumturnt. Er repariert etwas.

»Mal wieder das Mädchen für alles«, raune ich ihm zu, damit Emilia mich nicht hört.

»Exakt, Leidensgenossin!« Er hangelt sich durch die Eisenstäbe und landet neben mir auf dem Boden. Schweiß steht ihm auf der Stirn. Er wischt ihn mit dem Handrücken weg. Sein Geruch steigt mir in die Nase und ein Schauer rieselt meinen Rücken hinunter. »Ich brauche mal eine Pause.« Kurzerhand schließt er sich mir an und begleitet mich in den Personalraum.

»Wenn es für deine Mutter okay ist, kann ich dir gleich helfen«, schlage ich vor und ignoriere die kleine Piepsstimme, die sich in meinem Kopf meldet und mir zuflüstert, dass ich Abstand halten wollte.

Wie befürchtet, muss ich an diesem Tag aber wieder in die Küche zum Spüldienst. Und so triumphiert das Stimmchen am Ende doch.

Das andere Mal putzt Nick zu meiner Feierabendzeit das Aquarium. Ich bleibe im Türrahmen des Personalraums stehen, aus dem ich gerade gehen wollte, und beobachte ihn.

»Vorsichtig, sonst geht zu viel Wasser raus und die Fische liegen auf dem Trockenen«, ermahnt Cedrick ihn mit der Miene eines oberstrengen Lehrers. Er steht mit verschränkten Armen vor Emilias Büro. Grimmig saugt Nick mit dem Mund an einem Schlauch und im nächsten Moment strömt das dreckige Wasser aus dem Becken in eine Wanne. Er spuckt einen Schwall hinterher, der in seinen Mund geraten ist. »Du kannst gern übernehmen«, presst er hervor.

»Nö, danke. Ich wollte nur vermeiden, dass die Tierchen leiden. So was mag ich nämlich nicht.« Während Cedrick sich wieder nach unten an die Theke verzieht, knurrt Nick leise:

»Sie leiden nicht. Aber vielleicht sollte ich Sergio Bescheid geben, dass er Fischstäbchen aus ihnen macht. Dann landen sie in der Bratpfanne und mir bleibt diese Arbeit in Zukunft erspart.«

»Sei froh, dass Cedrick das nicht gehört hat«, schmunzele ich und trete auf die Galerie. »Er wirkt so, als würde er da keinen Spaß verstehen.«

Erstaunt sieht er zu mir rüber. »Das bleibt unser Geheimnis. Bestimmt hätte nicht nur Cedrick etwas dagegen, wenn ich die Fische ermorde, sondern auch meine Mutter.«

»Ich schweige wie ein Grab«, verspreche ich, und als er mir daraufhin verschwörerisch zunickt, steigt mal wieder ein warmes Gefühl in mir hoch. Nick bringt mich durcheinander. Und das sollte er nicht, verdammt! Immerhin gibt es diese Annika.

Größere Highlights als die beiden Momente mit Nick erwarten mich an den zwei Tagen nicht. Eindeutig zu wenig, finde ich. Mein Frust wird immer größer.

KAPITEL 6

So wenig Lust auf mein Praktikum wie heute hatte ich bisher noch nie. Meine Laune ist jeden Tag weiter gesunken und nun an einem Tiefpunkt angelangt.

Gleich nach dem Aufstehen ruft Liam mich an. Wir vergleichen die Anzahl unserer Blasen an den Füßen. Liam toppt mich um drei Stück. Als er erzählt, wie biestig die Mini-Nilpferde sind und wie schlimm die Ställe der Zebras stinken, verkneife ich mir jeden flapsigen Kommentar und höre ihm einfach zu. Wie ich es mir schon dachte, durfte er weder stundenlang Wildkatzenbabys streicheln noch süße Affen kraulen und auch keine lieben Pferdchen striegeln. Und dass im Zoo kaum verfügbare und gut aussehende Tierpfleger rumlaufen, macht die Sache nicht leichter. Im Gegensatz zu Liam hatte ich wenigstens ein paar nette Momente mit Nick und Cedrick.

»Am besten komme ich heute Abend zu dir und wir machen es uns gemütlich«, schlägt Liam vor.

Doch leider geht das nicht, so gerne ich auch Zeit mit ihm verbringen würde.

»Gute Idee, aber das müssen wir verschieben. Heute ist doch mein Großeltern-Essen.« Zerknirscht lasse ich den Kopf hängen.

Liam stöhnt. »Grmpf, ganz vergessen. Okay, dann eben in den nächsten Tagen, ja?«

»Na klar.«

Nach dem Auflegen geht es mir ein bisschen besser. Immerhin bin ich mit meinem Praktikums-Elend nicht alleine. Ich schleppe mich unter die Dusche und überlege, ob ich mich heute einfach krankmelden soll. Mit nassen Haaren gehe ich zu Paps in die Küche. Er steht neben der Spüle und hantiert an einem großen Klumpen Knete herum.

»Guten Morgen, Lu«, begrüßt er mich. »Mama ist schon im Büro. Du bist spät dran.«

»Mhm«, brumme ich und schnappe mir ein Croissant. »Was machst du da?«

Paps setzt sich zu mir an den Tisch. »So langsam habe ich das Eis für die Skulpturen im Griff. Mit der Knete mache ich mir jetzt kleine Vorlagen.«

»Cool!« Ich bestreiche mein Croissant mit Marmelade.

Paps schnappt sich das Frühstücksmesser und schneidet ein Stück Knete ab. »Ich will eine verwunschene Eislandschaft in den Skatepark stellen. Dafür brauche ich Rentiere, ein Schloss, den König, einen Eisbären und so was.

Für den Wettbewerb am 30. 12. mache ich aber eine Eiskönigin.«

Ich lege mein Croissant hin, weil ich eigentlich keinen Appetit habe, und trinke gedankenverloren einen Schluck Tee.

»Was ist los, Lu?« Paps schaut mich ernst an. »Bist du schlecht drauf, weil du heute Abend zu deinen Großeltern gehst? Du musst da nicht hin, das weiß du. Wenn es nach mir ginge ...« Er bricht ab.

»Quatsch«, wiegele ich ab. »Ich würde dir nur tausendmal lieber mit den Eisfiguren helfen, als ins Roll-In zu gehen.«

»Die Skulpturen wären dir auf ewig dankbar«, sagt er und sein Gesicht hellt sich auf. »Ernie vermisst dich auch schon.«

Ich nicke. »Mir fehlen seine Pommes und die einzig wahre Currywurst.« *Und die Gemütlichkeit, die unser Food Truck im Gegensatz zur Küche im Roll-In ausstrahlt,* füge ich in Gedanken hinzu.

»Scheiß auf diesen Schickimicki-Schuppen«, ruft Paps und trommelt auf die Knete. »Wenn es dir da nicht gefällt, dann lass das Praktikum sausen.«

»So leicht ist das nicht«, werfe ich ein.

»Natürlich ist es das.« Kämpferisch hält er seine Faust in die Luft und wiederholt einen Ausruf, den ich neulich in einem Referat über die Französische Revolution zitiert habe: »*Vive la liberté!*«

Endlich stiehlt sich ein Lächeln in mein Gesicht. »Danke, Paps. Aber ich ziehe das durch.«

»Na gut.« Er lächelt, zupft an meinem blauen Pulli und schmettert mir nun auch noch den Anfeuerungsruf für das französische Fußball-Nationalteam entgegen: »*Allez les bleus.* Auf geht's! Vorwärts! Lauf, mein blaues Mädchen.«

Ich gebe ihm ein Küsschen und mache mich mit einem warmen Gefühl im Bauch auf den Weg. Paps ist der Beste! Er mag ein bisschen verrückt und unberechenbar sein, aber seine positive Energie ist ansteckend, und er weiß immer genau, was er sagen muss, wenn ich mal durchhänge.

Zu meiner Überraschung bin ich heute nicht im Drachenbau eingeteilt. »Du hast Sergio erst mal genug geholfen. Jetzt kannst du Cedrick über die Schulter schauen«, sagt Emilia, die gerade aus dem Büro tritt, als ich den Personalraum verlasse. Damit rettet sie mir den Tag. Sofort verpufft die Schwere in mir. Cedrick zwinkert mir von unten zu, und ich frage mich, ob er Emilia darum gebeten hat, mich woanders einzusetzen. Das sähe ihm ähnlich.

»Willkommen auf der Pirateninsel«, begrüßt er mich und hält mir die Faust entgegen, damit ich meine dagegendrücke.

»Danke! Und doppelt danke, falls du dafür gesorgt hast, dass ich hier sein kann.«

Cedrick schüttelt den Kopf. »Das hat Emilia schon selbst entschieden. Sie hat alles im Blick. Auch die Aushilfen und Praktikanten.« Er öffnet ein paar Schubladen unter der Theke und zeigt mir, wo ich was finde. Im Restaurant ist noch wenig los, und so können wir es ruhig angehen lassen und uns ein bisschen unterhalten. Gerade erzählt Cedrick mir von seinem Kunstgeschichte-Professor, der ständig ausschweifende Vorträge hält, da betritt ein Mann den Laden. Er trägt ein giftgrünes Tuch um den Hals und eine verspiegelte Sonnenbrille auf der Nase. Neugierig betrachtet er das Schienensystem über unseren Köpfen. Er verschränkt die Hände hinter dem Rücken und läuft den gesamten Raum ab, als würde er dessen Größe abschätzen wollen.

»Kann ich helfen?«, erkundigt sich Cedrick bei ihm.

Endlich schiebt der Mann seine Brille hoch. Stechend blaue Augen kommen zum Vorschein. »Emilia McAllan erwartet mich,« sagt er. Cedrick zeigt nach oben, und da kommt die Chefin auch schon die Treppe herunter. Ihr rot geschminkter Mund strahlt mit den Leuchtern an der Thekenwand um die Wette.

»Wir hatten telefoniert? Herr Mollinedo?«

Der Mann nickt und Emilia führt ihn zur Tornadobühne in die Mitte des Raumes. Sofort vertiefen sich die beiden in eine angeregte Unterhaltung. Leider können wir aus der Entfernung nicht hören, was sie sagen. Emilia wirkt fröhlich und freundlich, aber irgendwie auch angespannt. *Vielleicht ist ihre gute Laune nur eine Maske*, schießt es mir durch den Kopf. Aber ich kenne meine Chefin zu wenig, um sie gut einschätzen zu können.

Die beiden sehen sich den Tischcomputer an und gleich darauf spuckt der Bildschirm neben den Zapfhähnen eine Bestellung aus: zwei Cappuccino und zwei Tafelwasser.

Cedrick winkt mich näher. »Als Barista muss man unbedingt guten Kaffee machen können«, erklärt er. »Das A und O sind eine hervorragende Maschine, der Mahlgrad des Kaffees und der perfekte Milchschaum. Bei Cappuccino nehmen wir mittelstarken Espresso. Er drückt einen Knopf, und schon läuft die braune Flüssigkeit in die Tassen, die er unter die Maschine hält. Sofort zieht mir ein bitter-blumig-holziger Duft in die Nase. Den Geruch von Kaffee mag ich. Nur schmecken tut er mir nicht so gut. Cedrick schüttet Milch in eine Eisenkanne.

»Das hier ist der Steamer«, erklärt er und zeigt auf einen Hahn. »Du drehst die Dampfdüse kurz auf, um überschüssiges Kondenswasser rauszulassen. Dann steckst du die Düse zwei Zentimeter tief in die Milch. Und jetzt: Aufdrehen!« Ein kratzendes Geräusch ertönt. »Wichtig ist, dass die Milch sich beim Schäumen im Kreis dreht. So kannst du langsam Volumen reinbringen.« Er hält die Kanne etwas schief. »Nicht vergessen, die Temperatur zu checken. Zweite Hand an der Kanne lassen. Wenn sie zu heiß zum Festhalten wird, dann ist auch die Milch heiß genug.« Er schüttet sie in die Tassen und zaubert schließlich mit einem Stäbchen ein Blättermuster in den Schaum, das ein kleines Kunstwerk ist.

»Wow! Ich wusste nicht, dass Kaffeemachen so aufwendig ist.«

Cedrick lacht. »Es gibt Barista-Workshops, in denen man so was lernen kann. Das macht einen Heidenspaß. Die nächste Bestellung übernimmst du.«

Neben der Tierliebe setze ich einen weiteren verbindenden Punkt auf meine innere Cedrick-und-Liam-Liste: ein Faible für Kaffee. Dann schenke ich zwei Wassergläser voll. Mittlerweile weiß ich, wo das Tafelwasser steht. Dann darf ich die Getränke auf der Halterung anbringen. Auf dem Touchscreen gebe ich den Tisch an und schon saust die Bestellung los.

Emilia und dieser Mann sind so in ihr Gespräch vertieft, dass sie die Lieferung gar nicht bemerken. Erst nach einer Weile nehmen sie die Getränke vom Tablett, trinken sie aus und stellen sie wieder drauf. Sie schütteln sich die Hände und Emilia begleitet den Mann zur Tür. Als sie zu uns kommt, sind ihre Wangen gerötet.

»Jetzt brauche ich einen doppelten Espresso.« Sie lässt sich auf einem Barhocker nieder. Ich greife nach einer Tasse und halte meinen Finger vor eine Taste an der Maschine, von der ich annehme, dass es die richtige ist. Cedrick nickt und so bereite ich voller Stolz meinen ersten Espresso zu.

»Wichtiger Besuch?«, erkundigt sich Cedrick bei unserer Chefin.

»Absolut.« Sie kippt den Kaffee in einem Zug hinunter und steht dann auf. *»Wer einen hohen Berg erklimmen will, tut das nicht in Sprüngen, sondern schrittweise. Challenge accepted«*, murmelt sie und geht zurück in ihr Büro.

Verwirrt sehe ich Cedrick an und der zuckt mit den Schultern. »Emilia und ihre kryptischen Sprüche«, murmelt er, genauso ratlos wie ich.

Wir arbeiten noch ein paar Stunden zusammen weiter und es macht riesigen Spaß. Meine ersten Cappuccino-Versuche sind kläglich. Ganz im Gegensatz zu Sergio ist Cedrick aber nicht ruppig oder Angst einflößend. Er trägt meine Fehlschläge mit Fassung, trinkt den Kaffee selbst aus und übt so lange mit mir, bis ich eine passable Version hinbekomme. Zufrieden schicke ich die Tassen los. Gegen Mittag trifft eine weitere Thekenkraft ein. Marie ist Mitte zwanzig und teilt sich mit Cedrick den Job. Auch Nick schwirrt irgendwann durch das Restaurant. Er winkt uns zu und verschwindet eilig in Emilias Büro. Dort bleibt er für den Rest meiner Schicht.

Als ich am Nachmittag in den Personalraum schlüpfe, um mich umzuziehen und auf den Weg zu meinen Großeltern zu machen, fällt mir ein Büchlein ins Auge. Es liegt unter einem Holzstuhl an der Garderobe zwischen zwei Schuhen und sieht so aus, als wäre es jemandem aus der Tasche gerutscht. Es ist blau und zerfleddert. Vorsichtig hebe ich es auf und schaue hinein. Zunächst finde ich nur ein paar Einkaufslisten. Doch dann stoße ich auf Überschriften mit coolen Namen: 1001-Nacht-Elixier, Dahliengelee Rosalie, Mango-Kaffee-Ketchup. Auf den nächsten Seiten sind Zutatenlisten mit exotischen Dingen wie Bockshornklee, Blütenblätter der Dahlie Ivanetti, indisches Schwarzsalz oder Paradieskörner.

»Ha!«, entschlüpft es mir. Das klingt nach den Geheimrezepten, auf die ich gehofft hatte. Wem das Buch wohl gehört? Beim Weiterblättern stolpere ich über einige Bleistiftzeichnungen. Sie wirken wie Momentaufnahmen. So als würde man mit dem Smartphone spontane Fotos machen. Und doch sind nicht alle detailgetreu, sondern teilweise grob und abstrakt gehalten.

Dann kommt ein Spruch: *Wir sind Familie. Familie hält zusammen, auch wenn es wehtut!*

Mein Herz fängt an zu klopfen. Das klingt nach einem von Emilia McAllans Sätzen. Ob es ihr Buch ist? Bestimmt gefällt es ihr gar nicht, wenn ich darin herumschnüffle. Emilias Schrift ist aber nicht so eckig. Gestern hat sie in langen Schwüngen das Tagesmenü auf eine Tafel geschrieben. Ich blättere zur nächsten Seite. Dort gibt es wieder eine Zeichnung. Eine Frau sitzt auf einem Thron und hebt gebieterisch die Hände in die Höhe. Ihr Gesicht ist verzogen. Fast wie bei einer Karikatur. Rechts und links wachsen ihr Hörner aus den Schläfen. Der Pagenschnitt, die Augen, Nase und der Mund lassen keinen Zweifel daran, dass es sich um Emilia handelt. Eine teuflisch herrschende Emilia McAllan. Hui, da hat jemand wohl ein Problem mit der Chefin. Jetzt fühle ich mich wie ein Eindringling, der in privaten Sachen herumwühlt, die ihn nichts angehen. Trotzdem kann ich mich nicht losreißen. Ich starre weiter auf die Seite. Unter der Zeichnung steht eine simple Frage: *Sollte sie das wirklich?*

Zuerst verstehe ich nicht, was gemeint ist, dann blättere ich noch einmal zurück. Offenbar bezieht sie das auf den Spruch zuvor. Sollte Familie wirklich zusammenhalten, auch wenn es wehtut? Die Frage trifft mich. Sie löst ein ungutes Gefühl in mir aus. Wahrscheinlich, weil ich an Paps und meine Großeltern denken muss. Ohne weiter darüber nachzudenken, ziehe ich einen Stift aus meinem Rucksack und schreibe ins Buch: *Wenn Familie zu sehr wehtut, ist es manchmal vielleicht besser, nicht zusammenzuhalten und sich aus dem Weg zu gehen.*

Als ich draußen Schritte höre, lege ich das Büchlein schnell zurück und mache mich auf den Weg zu Grand-mère und Grand-père.

KAPITEL 7

Das Haus meiner Großeltern liegt auf der anderen Seite der Stadt. Eigentlich ist es kein Haus, sondern eine Villa. Mit ihren Erkern, Türmchen und Säulen erinnert sie fast an ein Schloss.

Mein Großvater steht im Garten und wickelt einen Frostschutz um einen seiner Buchsbäume. Im Herbst hat er Tierformen in die Büsche geschnitten. Dieser hier sieht aus wie eine Schnecke.

»Guten Abend, Chouchou!«, begrüßt er mich. »Geh schon mal in die Küche, ich komme gleich nach.«

Ich hauche ihm zwei Küsschen auf die Wangen. »Hallo, Grand-père. Ist es nicht ein bisschen zu kalt für Gartenarbeit?« Er winkt ab. »Hier ist immer was zu tun.« Seit er in Rente ist, widmet er sich voll und ganz dem Gärtnern. Liebevoll streicht er über die geschwungenen Blätter und dreht eine Runde um den Busch. Dabei erinnert er mich an Paps. Der ist neulich genauso um seinen ersten Eisklotz gestiefelt und hat überlegt, was er daraus schnitzen soll. Die beiden sind sich ähnlicher, als sie denken.

Ich bemerke das Zittern von Grand-pères Händen. Seit meinem letzten Besuch ist es etwas schlimmer geworden. Mein Großvater ist an Parkinson erkrankt. Immer wieder hat er kleine Schübe, in denen sich sein Zustand verschlechtert. Im Grunde kommt er aber gut damit klar.

»Gut, bis gleich.« Ich setze mich in Bewegung und laufe an der Terrasse vorbei in den Kräutergarten, wo sich die Außentür zur Küche befindet. Unterwegs streichen mir zwei Katzen durch die Beine. Die kenne ich noch gar nicht. Grand-mère muss sie neu aufgenommen haben.

In der Küche gibt sie der Haushälterin Ella gerade Anweisungen: »Holst du das Essen nach zwanzig Minuten aus dem Ofen?«

Hm, lecker, es gibt Schinken-Käse-Soufflés. Grand-mère hat ein Faible fürs Kochen, das nur von ihrer Liebe für Katzen übertroffen wird. Sie ist Gründerin und Vorsitzende des Minzi-Vereins. Er kümmert sich um verwahrloste Katzen und vermittelt sie weiter. Bis die Streuner ein neues Zuhause finden, müssen sie irgendwo unterkommen. Das tun sie meistens im Haus meiner Großeltern. Hier ist genug Platz.

Wir umarmen uns zur Begrüßung. »Komm schnell rein ins Warme, mein Schatz«, haucht meine Großmutter und schließt die Tür hinter mir.

Wenig später sitzen wir zu dritt an dem Eichenholztisch

im Esszimmer. Grand-père sieht immer wieder aus dem Fenster und betrachtet sein Werk im Garten.

»Nun, wie läuft denn dein Praktikum?«, erkundigt sich Grand-mère während der Vorspeise. Es gibt Feldsalat mit Orangenessig und Walnussöl. Ich könnte mich reinlegen, so lecker ist er.

»Ganz gut. Es macht Spaß, ist aber viel Arbeit.«

»Arbeit schadet nicht, Chouchou. Aber du weißt ja, dass ich dich auch in der Firma untergebracht hätte. Womöglich wäre das eine attraktivere Option für dich gewesen als ein Restaurant«, meint Grand-père.

»Danke, aber das Roll-In ist echt in Ordnung.« Bestimmt hätte Paps Schwierigkeiten damit gehabt, wenn ich in das Unternehmen gegangen wäre, von dem er sich so schmerzhaft gelöst hat. Abgesehen davon habe ich wenig Lust, in einem Geschäft zu arbeiten, das Tierzubehör vertreibt. Katzenklos, Hundeleinen oder Aquarien zu vermarkten, stelle ich mir eher langweilig vor.

Das sage ich aber lieber nicht. »Ich lerne viel im Restaurant«, erzähle ich stattdessen. »Wusstet ihr, dass ein Barista tolle Muster in den Milchschaum malen kann? Das nennt man Latte Art.«

»Latte Art?« Grand-mère kräuselt die Nase. »Was ist denn das schon wieder für ein neumodischer Kram?«

»Es bedeutet ›Milchkunst‹.«

Cedrick kümmert sich um die Bar im Roll-In und kennt sich mit Kaffeesorten, Röstung und der Espressomaschine aus«, erkläre ich.

»Soso!« Grand-père trinkt einen Schluck Wein. »Und das ist dir lieber als ein Einblick in ein Unternehmen mit Handelsvertretungen in der ganzen Welt?«

Ich nicke und er verzieht den Mund zu einem schiefen Lächeln.

»Du bist wie dein Vater«, murmelt Grand-mère, als Ella das Soufflé auftischt. Im Gegensatz zu Grand-père schwingt in ihrer Stimme keine Belustigung mit. Mein Bauch fängt an zu grummeln.

»Wie geht es ihm denn?«, schiebt sie nach.

»Gut«, antworte ich einsilbig und habe das Gefühl, die Stimmung im Raum sinkt schlagartig auf den Gefrierpunkt.

»Aha«, meint Grand-père. Das Lächeln hat nun auch sein Gesicht verlassen.

Ich überlege, ob ich noch mehr erzählen soll, doch da wechselt Grand-mère schon das Thema. »Das hier ist übrigens Polly.« Sie zeigt auf eine dürre, rote Katze, die in der Ecke neben dem Kamin schläft. »Sie kommt gerade aus der Quarantäne. Wir haben sie von den Kanarischen Inseln geholt. Sie lebte in einer Mülltonne. Armes Ding.«

Ich nicke unkonzentriert. Es schmerzt mich, dass Paps

so ein Tabuthema ist. Andersrum kann ich auch nie lange mit ihm über meine Großeltern sprechen. Seit dem Streit und der Funkstille klemme ich zwischen den Fronten wie das Rindfleisch im Burger. Nun huscht mir doch ein Grinsen übers Gesicht. Der Teller mit Goldrand und dem perfekt gebackenen Soufflé vor meiner Nase passt so gar nicht zu dem Burger-Bild in meinem Kopf.

Eine Weile herrscht Schweigen am Tisch und jeder hängt seinen eigenen Gedanken nach. Als Ella die Nachspeise bringt und wir uns über die Schale mit Eis und Früchten hermachen, lockert sich die Stimmung wieder auf. Wir unterhalten uns über Grand-pères Buchsbäume, Grand-mères frisch gestrichenes Gewürzregal in der Küche und die einäugige Katze Medusa, die gerade ein neues Zuhause gefunden hat. Gegen halb acht fährt Ella mich nach Hause.

Am nächsten Tag beginnt meine Schicht im Roll-In am frühen Mittag. Als ich das Restaurant betrete, merke ich sofort, dass etwas anders ist. Die Galerie oben vor Emilias Büro ist knallvoll mit Leuten. Nick sitzt mit Annika und etlichen Eishockey-Mädels an einem Tisch. Gerade beugt sie sich zu ihm rüber und sagt irgendetwas, das ihn zum Lachen bringt. Ein kleiner Stich durchfährt mich.

Karla und Ludovico sind oben und auch die zweite Thekenkraft Marie. Cedrick schließt sich mir an, als ich die

Treppenstufen betrete, und sogar Sergio kommt aus seiner Küche und geht mit uns nach oben. Was ist denn hier los?

»Ah, gut, alle da«, sagt Emilia, als sie uns sieht. »Dann können wir ja loslegen mit der spontanen Teamsitzung.« Sie lehnt sich an den Türrahmen ihres Büros und schiebt sich eine Strähne aus dem Gesicht. »Gestern war Herr Mollinedo hier. Das ist der Manager von Joelle.«

Ein Raunen geht durch die Menge. »Der Sängerin?«, fragt ein Mädchen aus der Eishockey-Crew. Sie trägt ein Shirt mit einem Wolf drauf, und ich erinnere mich, dass das Team sich die Blauen Wölfe nennt.

»Sie ist auch Model und Schauspielerin«, erzählt ein anderes Mädchen.

Emilia nickt. »Exakt um diese Joelle geht es. Ihr Freund Bob hat am 28. Dezember Geburtstag, also zwei Tage nach den Weihnachtsfeiertagen. Joelle will ihn mit einer Party überraschen. Bei uns im Roll-In.«

Einen Moment lang herrscht Stille, dann fangen alle auf einmal an zu reden. Eine Blaue Wölfin, die ganz am Rand steht, stößt mir den Ellenbogen in die Seite. »Eine Promi-Party, wie cool!«, sagt sie und ich nicke.

Joelles Song *Stars For You* wird im Radio gerade rauf und runter gespielt. Neulich hat sie sogar irgendeinen Preis dafür bekommen. Ihre Modelkarriere war so steil wie der Mount Everest. Sie wird von Designern wie Chanel, Versace und Dior gebucht. Das habe ich neulich in einem von Liams Klatschblättern gelesen, die er zu Hause hortet. Mist, und ich bin dann nicht mehr hier! Mein Praktikum endet am 21. Dezember.

»Wir haben hier schon einige Feiern gehabt«, beendet Emilia das Gemurmel. »Aber etwas in dieser Größenordnung noch nicht. In den nächsten Tagen stocke ich das Team auf. Annika und ihre Blauen Wölfe sind zur Verstärkung dabei. Da alles recht kurzfristig ist, müssen wir besonders gut zusammenarbeiten. Herr Mollinedo hat klare Vorstellungen, was die Umsetzung der Party betrifft. Er hat gesagt, Joelle will es stimmungsvoll und glamourös. Natürlich müssen wir dem gerecht werden. Ich verteile nun nach und nach die Aufgaben und erwarte von jedem von euch Professionalität und Diskretion. Einen Presserummel mit Paparazzi will Herr Mollinedo vermeiden.« Sie reibt sich die Hände. *»Challenge accepted! Let's go for it.«* Alle klatschen und Emilia winkt mich zu sich. Mit klopfendem Herzen dränge ich mich zwischen den Leuten hindurch. Habe ich irgendwas falsch gemacht? Ist Emilia unzufrieden?

»Hallo, Luzie, ich weiß, dass dein Praktikum nur bis kurz vor Weihnachten geht«, sagt sie. Ich nicke und zupfe an meinem Parka herum, den ich immer noch nicht ausgezogen habe.

»Im Moment kann ich aber jede fähige Kraft gebrauchen. Sergio und Cedrick haben mir erzählt, dass du dich gut anstellst. Deshalb wollte ich dich fragen, ob du länger hierbleiben möchtest.«

Verblüfft reiße ich die Augen auf. Klar bin ich dabei! So eine Veranstaltung lasse ich mir doch nicht entgehen.

»Natürlich würden wir dafür einen Aushilfsvertrag abschließen. Und ich bezahle dich«, fügt Emilie hinzu und sieht mich abwartend an.

»Supergerne!« Am liebsten würde ich einen Luftsprung machen, kann mich aber gerade noch zurückhalten.

»Gut.« Emilia streicht etwas in einer Liste ab. »Dann setze ich den Vertrag auf und du lässt ihn von deinen Eltern unterschreiben. Übermorgen habe ich ein Briefing anberaumt. Es ist zwar Sonntag, aber dennoch wäre es gut, wenn du teilnimmst.«

Ich nicke und laufe mit weichen Beinen in den Personalraum, um meine Jacke loszuwerden und mir die Schürze umzubinden.

»Ich bleibe länger und bin bei der Party dabei«, erzähle ich Cedrick, als ich ihn gleich darauf bei der Theke treffe. Mein Gesicht ist heiß vor Aufregung.

»Sehr gut. Ich habe dir doch gesagt, dass hier noch mehr auf dich wartet als nur die Spülmaschine. Komm, ich zeige dir den Keller mit den Vorräten für die Theke.«

»Hast du 'ne Ahnung, was das für ein Briefing ist?«,

erkundige ich mich, während ich ihm durch die Tür hinter der Treppe nach unten folge.

Er zuckt mit den Schultern. »Ich schätze, es geht um Verhaltensregeln bei der Party. Vielleicht werden auch unsere Aufgaben festgelegt und die Teams eingeteilt.«

»Das ist so was von cool.« Ein Promi-Paar, zum Anfassen nah. Und die Vorbereitungen sind Eventmanagement pur. Da kann ich jede Menge lernen.

»Für mich spielt es keine Rolle, ob eine Joelle hier eine Party schmeißen will oder du. Gast ist Gast. Und jeder ist gleich.«

»Klar, Joelle und ich sind uns ja auch sehr ähnlich. Ich singe mindestens genauso gut wie sie. Zumindest unter der Dusche«, spaße ich.

Er lacht. »Ich wusste von Anfang an, dass viele Talente in dir schlummern, Luzie-Flöckchen.«

»Wieso bist du immer so cool? Kannst du mir was davon abgeben?«

Cedrick zuckt mit den Schultern. »Kommt mit dem Alter.«

Jetzt bin ich diejenige, die lacht. Er ist höchstens drei Jahre älter als ich und tut so, als wäre er vierzig.

Wir haben die letzten Treppenstufen erreicht und betreten einen Raum mit einer gemauerten Gewölbedecke. Schummriges Licht strömt durch Schlitze an der Seite.

An fast allen Wänden befinden sich vollgestopfte Regale. In einer Ecke türmen sich Bierfässer, daneben Kisten mit Kartoffeln und anderen Vorräten. In der Mitte des Raumes steht ein abgewetzter Holztisch. Es ist warm hier und es riecht fruchtig-süß nach Zucker und Ananas. Cedrick geht zu einer weiteren Tür und rüttelt daran. »Hier hinten ist eine Kühlkammer. Da kommt alles rein, was kalt gelagert, aber nicht tiefgekühlt werden muss.« Er ruckelt weiter, bis die Tür sich mit einem Quietschen öffnet. Sofort schlägt uns eisige Luft entgegen. Ich spähe hinein und entdecke Kartons voller Milchtüten und Obst.

»Die Welt unter dem Roll-In«, murmele ich. Mein Atem haucht weiße Wölkchen in die Luft.

Cedrick schließt die Tür wieder. »Ja, eine besondere Stimmung hier, nicht wahr? Ich mag diesen Ort. Er ist ruhig und man ist für sich. Manchmal, wenn oben der Teufel los ist und ich etwas für die Bar holen muss, bleibe ich eine Minute länger, als ich müsste, um die Stille zu genießen.«

Das kann ich verstehen. Dieser Raum hat nichts von gruseliger Kelleratmosphäre. Wenn es ein Sofa gäbe, würde ich mich glatt eine Runde darauf ausruhen.

Ich habe das Gefühl, jeden Tag ein bisschen mehr im Roll-In anzukommen und neue Seiten davon kennenzulernen. Das ist spannender, als ich es in den ersten Tagen vermutet hätte.

Oben erwartet uns viel Arbeit. Der Laden wird voller und voller. Besonders am Nachmittag kommen jede Menge Gäste. Während Cedrick sich um die kalten Getränke und die Kuchen kümmert, übernehme ich den Job an der Kaffeemaschine. Meine Cappuccinos werden immer besser, und irgendwann schaffe ich es sogar, ein Blumenmuster auf den Schaum zu zaubern. Beeindruckt klopft mir Cedrick auf die Schulter und ich kriege das Grinsen gar nicht mehr aus meinem Gesicht.

Es hängt noch immer fest, als ich mich abends in den Personalraum schleppe, um mich umzuziehen. Kaum bin ich eingetreten, da bleibe ich wie angewurzelt stehen. Nick sitzt am Tisch. Vor ihm das blaue Buch. Er schreibt etwas hinein. Als er mich bemerkt, klappt er es schnell zu. Blut rauscht in meine Wangen. Das Buch gehört also ihm, und jetzt hat er sicher entdeckt, dass jemand auf die Notizen geantwortet hat.

»Hi«, sagt er und schiebt das Buch beiseite.

»Hi.« Langsam laufe ich zu meiner Jacke an der Garderobe. Es war nicht in Ordnung, in seinen privaten Dingen herumzuschnüffeln. Ich hätte es besser lassen sollen.

»Hattest du einen guten Tag? Oder hat meine Mutter dir wieder irgendwas Schlimmes aufgebrummt?«, erkundigt er sich und steht auf.

Ich lächle und versuche, nicht auf das Buch zu starren. Er

soll mir das schlechte Gewissen nicht anmerken. Und schon gar nicht wissen, dass ich die Schreiberin bin. »Nein, alles gut. Ich bin im Moment bei Cedrick eingeteilt. Die Kaffeemaschine und ich sind jetzt *so.*« Ich hebe die Hand und kreuze Mittel- und Zeigefinger. Nick versteht mein Zeichen für *Best Friends.*

»Hat Cedrick dich etwa in die Geheimnisse der Latte Art eingeweiht?«, fragt er grinsend.

»Mhm.«

»Wow, dann mag er dich. Das macht er nicht bei jeder Aushilfe.«

»Ich finde ihn auch toll. Weißt du zufällig, ob er einen Freund hat?« Eigentlich habe ich nur nach einem unverfänglichen Thema gesucht. Nun erschreckt mich meine Frage selbst ein wenig. Hoffentlich versteht Nick mich nicht falsch.

»Soweit ich weiß, ist er gerade solo«, erwidert er. Sein Grinsen wird breiter. »Willst du deinen Freund verkuppeln? Liam hieß er, oder?«

»Ähm, ja«, gebe ich zu. Er hat sich also gemerkt, was ich ihm auf dem Weihnachtsmarkt erzählt habe. Wie aufmerksam! »Liam und Cedrick würden gut zusammenpassen.«

Nick kommt näher, und ich erstarre, als er neben mir stehen bleibt und mir sein Duft in die Nase steigt. Fast bin ich ein bisschen enttäuscht, als ich feststelle, dass er nur nach seiner Jacke greift. Sie hängt direkt hinter mir. Er zieht sie an und kniet sich dann runter, um seinen offenen Schnürsenkel zuzubinden. Das Büchlein legt er daneben. Ziemlich genau dorthin, wo ich es gestern gefunden habe. Was er wohl dachte, als er meinen Eintrag entdeckt hat? War er sauer? So wirkt er gerade nicht. Mir wäre es unsagbar peinlich, wenn jemand private Notizen von mir lesen würde.

»Ich sag dir was«, reißt er mich aus meinen Gedanken und steht auf. »Ich frage meine Mutter, ob sie Liam bei der Party braucht. Sie führt gerade jede Menge Bewerbungsgespräche. Das wäre eine gute Gelegenheit, deinen Freund mitzubringen und die beiden einander vorzustellen. Ohne Blind-Date-Wirbel.«

»Das würdest du tun?« Begeistert strahle ich ihn an. Da zerbreche ich mir die ganze Zeit den Kopf darüber, ob und wie ich Liam und Cedrick verkuppeln soll, und nun kommt Nick mit diesem Vorschlag an. Die beiden können sich ungezwungen bei der Arbeit kennenlernen. Vielleicht macht es dabei klick. Wenn nicht, dann ist es auch nicht schlimm.

»Klar, wieso nicht?« Nick zwinkert mir zu und mir wird mit einem Schlag knallheiß. Seine rauchgrauen Augen sind wie Magnete, die mich anziehen und festhalten, als wäre ich ihr Gegenpol. Die Tür geht auf, sodass mein kleiner Romantikanfall sich in Luft auflöst. Annika kommt rein.

»Hallo, ihr zwei«, begrüßt sie uns und umarmt Nick stürmisch. »Bist du startklar?«

»Jep!« Bevor Nick mit Annika verschwindet, winkt er mir noch mal zu. Ich bleibe mit einem Mischmasch aus Freude, Unsicherheit und Aufregung zurück. Nicks Nähe verwirrt mich. Er ist nett und lustig und ich unterhalte mich gerne mit ihm. Ich frage mich, ob er auch dieses Knistern zwischen uns spürt oder ob ich maßlos übertreibe und da eigentlich nicht viel zwischen uns ist. Seufzend stehe ich auf. Dabei bemerke ich, dass Nick das Buch liegen gelassen hat. War das Absicht? Ich hebe es auf und blättere die Seiten bis zu meinem Eintrag durch. Ein Kribbeln fährt mir den Rücken runter. Nick hat ein grinsendes Gesicht daruntergezeichnet und etwas vermerkt:

Hallo, fremder Schreiber, du scheinst aus Erfahrung zu sprechen. Ich dachte, ich wäre Experte für nervige Eltern. Motivationssprüche und allwissendes Gehabe trampeln ganz schön auf meinen Nerven rum. Mein Motto lautet in der Regel: Zusammenreißen! Manchmal möchte ich aber am liebsten laut schreien. Wie ist das bei dir?

Meine Augen fliegen geradezu über die Zeilen. Dass Nick so offen zu jemandem ist, den er gar nicht kennt, erstaunt mich.

Wenn die Redensarten und Weisheiten passen, sind sie gar nicht so schlecht. Sie können auch helfen, antworte ich, weil ich an

Paps' französischen Schlachtruf denken muss, der mich neulich aus meinem Tief geholt hat. Er ist immer so voller Tatendrang und kann mich wunderbar mit seiner Energie anstecken. Zum ersten Mal kommt mir ein erschreckender Gedanke. Vielleicht wirft Paps sich deshalb so oft in abenteuerliche Projekte, weil ihn der Familienfrust dazu anspornt? Mich lähmt er eher und verursacht mir Bauchschmerzen. Paps scheint von ihm angetrieben und motiviert zu werden.

Eine Weile überlege ich, was ich zum Rest von Nicks Kommentar sagen soll. Schließlich entscheide ich mich dafür, genauso ehrlich zu sein wie er. Unsere Situation ist sicher nicht dieselbe. Schwierigkeiten zwischen Familienmitgliedern kenne ich aber trotzdem:

Jeder geht anders mit Problemen daheim um. Aber dein Motto ist auch meins. Zusammenreißen und Klappe halten!

In letzter Zeit frage ich mich manchmal, ob das gut ist. Muss das nicht alles irgendwann raus, bevor man platzt?

Bin gespannt, wie du darüber denkst.

Mit zittrigen Fingern klappe ich das Buch zu. Bisher habe ich noch nie darüber gesprochen. Nicht mal Liam weiß, dass ich immer schlechter mit den Spannungen daheim umgehen kann. Aber ehrlich gesagt, wusste ich das bis gerade eben selbst nicht. Ich denke an den furchtbaren Streit damals an Weihnachten. Paps hatte kurz vorher aufgehört in der Firma meiner Großeltern zu arbeiten. Ich war an dem Abend noch mit Liam unterwegs. Deswegen habe ich gar nicht mitgekriegt, wie alles in die Luft ging.

Meine Großeltern nahmen es Paps übel, dass er die Firma verlassen hatte. Und er nahm ihnen übel, dass sie es ihm schwer machten. Immer wieder versuchten sie, ihn zurückzuholen. Und als sie seine Hilfe bei irgendwelchen betriebsinternen Vorgängen brauchten, weigerte Paps sich. Die Stimmung schaukelte sich derart hoch, dass sich alle gegenseitig beleidigten. Mama hat es mir später erzählt, als ich zum Treffen kam und niemanden mehr vorfand außer ihr. Allerdings hat sie sich mit Details zurückgehalten, sodass ich nicht genau weiß, was genau gesagt wurde. Ich habe Paps einmal darauf angesprochen, aber er blockt sofort ab. Genau wie meine Großeltern. Seitdem herrscht Eiszeit zwischen ihnen. Wenn sie sich nicht ständig bei mir über den jeweils anderen erkundigen würden, könnte man meinen, sie hätten sich aus ihren Leben gelöscht.

Ich schaue hinunter. Das Buch liegt weich in meiner Hand. Wieso schreibe ich so persönliche Dinge hinein? Ich streiche über die Seiten. Sie sind voll mit scheinbar unwichtigen Themen und lassen dennoch Raum für meine Gedanken. Inmitten der Rezepte und Zeichnungen wiegen sie nicht so schwer. Außerdem geht es Nick ähnlich. Wir können die Gefühle teilen, und das tut gut.

KAPITEL 8

Die Kufen meiner Schlittschuhe fahren über den spiegelglatten Boden der Eisbahn und machen kratzende Geräusche. Ich schiebe mich vorwärts und drehe eine Kurve am Ende der Bahn. Es dämmert bereits. Über mir schimmern die ersten Sterne. Die Luft riecht nach Schnee. Kleine Eisflöckchen landen auf meiner Nase. Sie tanzen im Wind und glitzern unter den Laternenlichtern an den Seiten der Bahn wie Diamanten in der Sonne. Ich genieße meinen freien Samstag in vollen Zügen. Bevor der Ansturm losgeht und man auf der Eisfläche nicht mehr richtig fahren kann, wollte ich noch ein paar Runden drehen. Liam ist vorne an der Bande beim Food Truck und unterhält sich mit Paps. Der hat dort gerade sein Meisterstück in einen Eisblock geschlagen. Einen lebensgroßen nackten Mann. Genauer gesagt: Pan, den Gott der Wildnis und des Waldes. Ich war etwas irritiert. Nicht nur, weil jetzt ein splitternackter Eismann in der Nähe des Food Trucks rumsteht. Ich verstehe auch nicht, was Pan mit dem Winterthema verbindet, für das Paps sich ursprünglich entschieden hatte. Was hat ein

Waldgott in einem Winter-Wunderland zu suchen? Ich fahre zu Liam und ihm rüber und halte mich an der Bande fest.

»Müsste er nicht noch mehr Muskeln haben?«, erkundigt sich mein bester Freund gerade bei Paps. »So ein Wiesenfaun hat doch sicher viel Kraft.«

Nachdenklich kneift Paps die Augen zusammen. »Ja, vielleicht hast du recht. Der Po ist etwas zu flach geworden. Das passe ich bei der nächsten Version an.« Weil sich Kunden vor Ernie einfinden, geht er zu ihnen, um sie zu bedienen. Ich mache einen Schritt aus der Bahn und trete etwas wackelig zu Liam hinunter.

»Berätst du Paps jetzt ernsthaft, wie er einen Waldgott schnitzen soll?«

Liam nimmt einen Schluck aus seiner Thermoskanne, in die er sich vorhin Tee eingefüllt hat. »Wieso nicht? Ich kenne mich mit Männerkörpern aus.«

Lachend schüttele ich den Kopf und versuche mir seine Thermoskanne zu schnappen, obwohl ich pappsatt bin von der heißen Schokolade, die ich gerade getrunken habe. Da bemerke ich auf der anderen Seite der Bahn ein Pärchen, das in unsere Richtung kommt.

»Hey, du hast noch einen Kakaobart über dem Mund«, informiert mich Liam. Schnell wische ich mit der Hand darüber.

»An der Nase ist auch noch was. Warte, ich habe Taschentücher.« Liam beginnt, in seiner Tasche zu kramen. Das Pärchen nähert sich uns.

»Da kommen Annika und Nick«, presse ich hervor und hüpfe hinter der Eisfigur in Deckung.

Auffällig schaut Liam zu den beiden rüber. »Die dahinten?«

»Ja doch, jetzt gib mir schon das Taschentuch, damit ich nicht aussehe wie ein Baby.«

»Bestimmt findet Nick dich trotzdem sexy.«

»Pst«, zische ich und schnappe mir das Tuch. Hektisch fange ich an zu schrubben.

»Beeil dich, sie sind gleich hier. Ich glaube, sie wollen Schlittschuhe ausleihen. Stellst du mich den beiden vor? Ich will deinen Crush kennenlernen.«

»Nick ist nicht mein Crush«, beschwere ich mich und bin froh, als Liam mir mit einem Nicken zu verstehen gibt, dass ich keine Schokoflecken mehr im Gesicht habe.

»Natürlich ist er das. Mir kannst du nichts vormachen.«

Ich strecke Liam die Zunge raus. Dummerweise knicke ich in dem Moment mit dem rechten Fuß um und da passiert es: Meine Zunge landet an Pans Po. Und bleibt daran kleben.

»Was machst du denn da?« Liam zieht an meinem Arm.

»Üh«, keuche ich. Nicks und Annikas Stimmen sind

schon zu hören. Verzweifelt reiße ich meinen Kopf zurück, aber meine Zunge hängt an diesem bescheuerten Eishintern fest. Das tut nicht nur verdammt weh, sondern ist auch so was von peinlich. Am liebsten würde ich selbst zu einer Eisfigur werden. Denen ist es nämlich egal, wo ihre Zungen kleben und wie sie aussehen.

»Üh«, keuche ich noch einmal und wackele mit der Hand hin und her. »Tu was«, flehe ich Liam auf diese Weise an, woraufhin er endlich reagiert. Er öffnet seine Thermoskanne und kippt den Tee über meinen Mund. Das heiße Wasser rinnt über meine Lippen und meinen Hals hinunter. Meine Zunge löst sich wieder, wird dafür aber vom Wasser verbrüht.

»Ah, Shit.« Ich taumele zurück und presse mir die Hände vor den Mund.

»Hey«, sagt eine mir bekannte Stimme direkt vor mir. Rauchgraue Augen sehen mich an.

»Hast du gerade diesen Eismann geküsst?«, erkundigt sich Annika mit gerunzelter Stirn.

»Mh.« Mehr kriege ich nicht raus, weil mein Mund so sehr brennt, als hätte ich in eine Chilischote gebissen. Oder auch in zwei.

Zum Glück kommt Liam mir zu Hilfe. »Hat sie nicht. Es war nur ein kleiner Unfall mit meiner Teekanne. Hi, ich bin Liam.«

»Hey, ich bin Nick und das ist Annika. Ich habe schon viel von dir gehört.«

»Ich von dir auch,« antwortet Liam und ich muss ein Stöhnen unterdrücken. Schnell legt Liam nach: »Also, ich meine, vom Roll-In und dem Team.«

Einen Moment lang herrscht Stille. Ich löse meine Hände vom Mund und atme die kalte Luft ein, damit das Brennen nachlässt. Fieberhaft überlege ich, was ich sagen soll. Leider fällt mir nichts ein, weil ich zu sehr gegen den Drang ankämpfe, Paps' Faun umzuschmeißen. Und Liam gleich mit, weil er mich so gereizt hat, dass ich ihm die Zunge rausgestreckt habe. Jetzt stehe ich hier wie eine Idiotin mit glühendem Mund und nichts als Wutwatte im Kopf.

Nick lächelt Liam an. »Vielleicht hat Luzie dir schon erzählt, dass wir im Roll-In Verstärkung für eine Party Ende Dezember brauchen. Hättest du Lust, mitzuhelfen?«

»Oh, ja klar. Sehr gerne.«

»Cool, dann komm doch morgen mit Luzie zum Briefing«, schlägt Nick vor. »Da kann meine Mutter mit dir sprechen.«

Annika streicht über Nicks Arm. »Da vorne kannst du Schlittschuhe ausleihen«, sagt sie. Die Geste ist so vertraut, dass mein Bauch kneift.

»Okay, dann bis gleich«, meint Nick zu uns, bevor er mit Annika verschwindet. Ich bemerke, dass sie ihre eigenen Schuhe mitgebracht hat. Lässig hängen sie über ihre Schulter. Sie sind rostrot und passen wunderbar zu ihrer Haarfarbe.

»Yes!!! Ich bin bei einer Party dabei.« Aufgeregt stupst Liam mich an. »Sag mal, hast du 'nen Knoten in der Zunge?«

»Nee, nur Eis- und Wundbrand.« Mürrisch schlittere ich zu der Bank, an der ich meine Stiefel abgestellt habe.

Liam schielt zu Nick rüber, der gerade ein Paar Schlittschuhe von meinem Paps entgegennimmt. »Ich verstehe, was du an ihm findest.«

»Pst«, zische ich. Kann er vielleicht noch lauter brüllen? Kaum haben wir uns hingesetzt, tauchen Annika und Nick wieder auf. In Windeseile hat Annika ihre Schuhe angezogen und stellt sich auf die Kufen, als wären es Turnschläppchen. Gekonnt läuft sie zur Bahn, macht einen Schritt darauf und dreht eine Pirouette. Liam folgt ihr an die Bande, wohingegen sich Nick neben mich auf die Bank plumpsen lässt. Er schlüpft in seine Schlittschuhe, macht jedoch keine Anstalten aufzustehen. Im Gegenteil, er lehnt sich zurück.

»Das ist also die Bahn deines Vaters.«

Ich ziehe mir die Handschuhe über, weil der Wind stärker wird und meine Fingerspitzen kalt werden. Dann nicke ich. »Ja, genau. Der Food Truck drüben gehört auch ihm.«

»Cooles Konzept! Und was hat es mit diesen Eisfiguren

auf sich?« Nicks Lächeln lässt mich meinen brennenden Mund vergessen.

»Sie sind ein Projekt meines Vaters. Er macht bei einem Eisskulpturen-Wettbewerb mit und schnitzt seit Tagen wie ein Verrückter. Jetzt hat er den Faun da vorne gemacht, obwohl er sich eigentlich für das Thema *Winter* entschieden hat. Passt überhaupt nicht zusammen«, erzähle ich, froh darüber, ein Thema gefunden zu haben, über das ich ganz unbefangen mit Nick reden kann.

»Na ja, im Wald schneit es auch manchmal. Wieso also kein Winterfaun?«, scherzt Nick.

Übertrieben schwungvoll drehe ich die Handflächen nach oben, so als hätte er mir gerade die Lösung für eine kniffelige Matheaufgabe präsentiert. »Daran habe ich natürlich nicht gedacht. Du bist ein Genie!«

Wir lachen beide los.

»Kommst du?«, ruft Annika von der Eisfläche rüber.

Nick seufzt so leise, dass wahrscheinlich nur ich es hören kann. »Ich mag Rollen oder Kufen unter den Füßen nicht so gerne. Vielleicht tue ich einfach so, als hätte ich mir den Fuß verknackst, und bleibe bei dir sitzen.«

Das wäre schön, denke ich. Da schießt mir einer von Emilias Sprüchen durch den Kopf. »Aber du weißt doch, dass das wahre Leben erst jenseits deiner Komfortzone anfängt. Also solltest du es vielleicht versuchen.« Ich wiege den Kopf in Richtung Eisbahn und Nick steht mit einem schiefen Grinsen im Gesicht auf.

»Sätze, die die Welt nicht braucht.«

»Stimmt«, bestätige ich und sehe zu, wie er zu Annika stakst. Sie dreht eine Pirouette nach der anderen und zieht alle Blicke auf sich. Als die beiden sich an den Händen nehmen und zusammen losfahren, schlucke ich und wende meinen Blick ab.

»Bäm!«, kommt es von Liam, der neben mich sinkt. »Ihr habt geflirtet.«

»Haben wir nicht.« Ich zupfe am Reißverschluss meines Parkas herum, weil ich nicht weiß, was ich sonst machen soll.

»Habt ihr wohl. Ich habe diesen Spruch von dir gehört und eure Blicke gesehen.«

»Das war nur ein, äh, Roll-In-Insider«, widerspreche ich, aber Liam macht eine wegwischende Handbewegung. »Insider hin oder her. Ich habe definitiv Funken zwischen euch gespürt. Für so was habe ich einen siebten Sinn, glaub mir.«

»Ach ja?« Nun stehe ich auch auf. »Schau mal da rüber. Das da bei Nick ist eine lebendig gewordene Eisprinzessin und noch dazu der Star der Eishockey-Mannschaft. Sie ist perfekt. Die beiden sind perfekt zusammen.«

Liam schnappt sich meine Hand. »Und hier ist meine

einzigartige beste Freundin. Latte-Art-Künstlerin, super Schneeflöckchen auf Rollen und weltbeste Currywurst-Köchin«, kontert er. »Du bist genauso perfekt.«

Ich seufze und lasse mich von ihm zu Ernie ziehen, wo wir uns eine Portion Pommes gönnen. Immer wieder fliegt mein Blick zu Annika und Nick rüber, die sich auf dem Eis prächtig amüsieren. Liam hat recht. Ich sollte nicht so unsicher sein, nur weil ich ein bisschen für Nick schwärme und Annika an seiner Seite strahlt wie ein LED-Scheinwerfer. Dummerweise fühle ich mich in ihrer Gegenwart trotzdem mäuschengrau.

KAPITEL 9

»Schön, dass ihr alle da seid. In den nächsten Tagen wird unser Team noch verstärkt, aber ich weise schon mal die bereits bestehenden Gruppen ein«, heißt uns Emilia am Sonntagnachmittag willkommen. Das Restaurant ist geschlossen und wir haben uns alle vor der Theke versammelt. Außer dem Küchen- und Thekenpersonal, das ich bereits kenne, tummeln sich an den Tischen Cedrick, Annika mit ihren Eishockey-Mädels und ein paar weitere, mir unbekannte Leute. Liam ist auch hier. Er hatte vorhin ein Vorstellungsgespräch und kam überglücklich aus Emilias Büro. »Bin dabei«, hat er geraunt und dann nichts mehr gesagt, weil Cedrick hereinspaziert ist. Bei seinem Anblick hat es Liam prompt die Sprache verschlagen. Ein gutes Zeichen. Cedrick scheint ihn sofort beeindruckt zu haben.

»Das hier ist Herr Mollinedo. Er hat uns den Auftrag für die Party gegeben«, fährt Emilia fort und deutet auf den Herrn neben sich. Der Manager hat wieder seine Sonnenbrille auf dem Kopf, was bei den Außentemperaturen wirklich albern ist.

»Es soll ein glamouröses Event werden, voller Pomp und Überraschungen«, sagt er steif und wird mir damit noch unsympathischer, als er es sowieso schon ist.

»Joelle und Bob werden gegen 14 Uhr hier eintreffen«, fährt Emilia fort. »Draußen gibt es einen Champagnerempfang. Im Restaurant bieten wir ein Menü an, das über die Schienen an die Tische geliefert wird. Teamleiter in der Küche ist Sergio. Die Theke führt Cedrick. Um den Service kümmert sich Nick.« Emilia zückt einen Block und verliest unsere Namen, damit wir wissen, in welchem Bereich wir eingesetzt werden.

Ich lande beim Servicepersonal, genau wie Annika und ihre Blauen Wölfe. Liam wird an der Theke helfen und lächelt zufrieden.

»Geht jetzt bitte alle zu euren Teamchefs. Sie werden euch weiter einweisen«, sagt Emilia und wendet sich an Herrn Mollinedo, der mit über dem Rücken verschränkten Armen durch den Raum streift. Im allgemeinen Gewusel und Stimmengewirr höre ich, wie er sich danach erkundigt, ob man die Lichter umstellen und einen roten Teppich im Eingangsbereich auslegen könnte. Emilia macht sich Notizen. Als er vorschlägt, das Geländer an der Tornadobühne abzumontieren, damit die Gäste dort tanzen können, friert ihr Dauerlächeln kurz ein. »Ich schaue, was sich machen lässt«, erwidert sie diplomatisch.

»Gut.« Herr Mollinedo wischt auf seinem Phone herum. »Ich wusste, dass Sie alles umsetzen können. Geht nicht gibt's nicht. Nicht wahr?« Er lacht.

Während die Küchencrew im Drachenbau verschwindet und das Team von Cedrick sich an der Theke sammelt, macht Nick sich auf den Weg zur Empore. Die Blauen Wölfe und ich folgen ihm im Entenmarsch.

»Jeder vom Service hat einen festen Tisch, um den er sich kümmert«, erklärt Nick, als wir uns alle hingesetzt haben. »Wir räumen das dreckige Geschirr weg, legen Kerzen nach, halten den Tisch sauber und helfen den Gästen bei den Bestellungen auf den Touch-Screen-Computern, falls nötig. Nebenher laufen wir mit Fingerfood-Tabletts durch die Gegend.«

»Gibt es einen Dresscode?«, erkundigt sich ein Eishockeymädchen mit kurzen weißblonden Haaren.

»Soweit ich weiß, kriegen wir Kleidung vom Roll-In«, sagt Nick. Sofort muss ich an das Flöckchenkostüm denken und hoffe, dass Emilia nicht auf die Idee kommt, uns so was zu verordnen.

»Es werden die typischen schwarzen Shirts sein«, fährt Nick fort und zwinkert mir zu, als hätte er meine Gedanken gelesen. Ich grinse und schaue schnell weg, weil alle seinem Bick folgen und mich fragend ansehen.

Emilia und Herr Mollinedo kommen die Treppen hoch.

»Wir brauchen hier deutlich mehr Chichi«, sagt der Manager gerade.

Emilia runzelt die Stirn. »Chichi?«

»Stimmung, Flair. Das ist ein Geburtstag der Liebe. Ich möchte ausgefallene Rezepte, Herzdekoration und solche Dinge. Glamourös-pompös! Ihr Motto ist doch *Come in and feel special*. Das will ich fühlen und sehen.«

»Selbstverständlich.« Emilia nickt. Ihr Lächeln sieht mittlerweile so starr aus wie das von Paps' Eiskönigin.

Herr Mollinedo betrachtet ein Schlittschuhpaar, das eine Spielerin der Blauen Wölfe neben ihre Taschen gelegt hat. Seine Augenbrauen ziehen sich so weit nach oben, dass dabei fast seine Sonnenbrille verrutscht.

»Das ist es!«, ruft er.

»Das ist *was*?«

»Ich möchte, dass das gesamte Personal auf Rollschuhen bedient.«

Nachdenklich beugt sich Emilia über die Brüstung. »Auf der Empore ist das vielleicht nicht so praktisch, wegen der Treppe ...«

»Aber unten machen wir das«, vollendet Herr Mollinedo den Satz. »Alles ist möglich, wenn man nur will.«

»Natürlich.« Emilia geleitet den Manager in ihr Büro und macht hinter ihm ein entnervtes Gesicht. Dieser Mister Glamourös-Pompös verhält sich wie der Chef höchstpersönlich. In diesem Punkt ähnelt er Emilia sehr. Und genau wie sie wirft auch er mit Redensarten um sich. Ich bemerke, dass Nicks Mundwinkel sich zu einem schiefen Grinsen verziehen. Es scheint ihn zu amüsieren, dass der Manager seiner Mutter einen Spiegel vor die Nase hält.

Wir besprechen noch kurz den Ablauf am Abend und Nick teilt uns die Tische zu. Ich werde neben dem weißblonden Kurzhaarmädchen nahe der Küche stehen.

»Hi, ich bin Piamina«, stellt sie sich vor und strahlt mich an. Dabei kräuselt sich ihre Nase, auf der ein paar Sommersprossen tanzen.

»Ich heiße Luzie. Du spielst auch im Eishockey-Team mit, nicht wahr?« Ich stehe an der Brüstung, weil ich mich gerade auf den Weg zum Tisch machen wollte.

Piamina nickt. »Ich bin die Torfrau.«

Überrascht ziehe ich die Augenbrauen hoch. Sie ist einen halben Kopf kleiner als ich und so zierlich, dass ich mir kaum vorstellen kann, wie sie einen Puck stoppt.

»Ich bin klein und superschnell.« Sie hakt sich bei mir ein und zieht mich mit sich die Treppenstufen runter. Im ersten Moment bin ich ein bisschen überrumpelt und gerate ins Straucheln.

»Hey, du bist ja echt schnell«, scherze ich, woraufhin sie den Kopf in den Nacken wirft und schallend loslacht.

»Hab ich doch gesagt. Kleine werden immer unterschätzt.«

Aus den Augenwinkeln sehe ich Liam und Cedrick, die gerade an der Kaffeemaschine stehen.

»Eine De'Longhi-Siebträger-Maschine mit goldenen Beschlägen«, seufzt Liam, und Cedrick nickt stolz wie ein Pirat, der seinen persönlichen Goldschatz präsentiert.

Er streicht darüber. »Da kennt sich ja jemand aus. Wie schön!«

Liams Wangen werden rosa, und ich bin mir sicher, dass das nicht nur an der Maschine liegt, sondern an Cedricks Kommentar.

Lächelnd reiße ich meinen Blick los und gehe mit Piamina zu unseren Tischen. Als Annika und Nick ebenfalls die Treppe runterkommen und dabei miteinander herumalbern, schiele ich ein paarmal zu ihnen rüber.

»Die zwei sehen toll zusammen aus, oder?«, sagt Piamina.

»Äh, wer?«, versuche ich mein Interesse zu überspielen. Sie nickt zu Annika und Nick rüber. »Na, die beiden.«

»Ja, schon«, gebe ich zu und Piamina seufzt. »Als sie sich getrennt haben, war die halbe Eishockeymannschaft traurig.« Ich horche überrascht auf.

»Und die andere Hälfte hat auf ein Date mit Nick gehofft.« Verträumt sieht sie ihn an, und ich schätze, dass sie zu letzterer Hälfte gehört hat. Erst jetzt bemerke ich die sehnsüchtigen Blicke, die einige Mädchen ihm zuwerfen. Offenbar reihe ich mich mit meiner Schwärmerei in eine lange Schlange ein. Puh, auf so etwas habe ich wirklich keine Lust.

»Die sind gar kein Paar?«, erkundige ich mich in möglichst gelangweiltem Ton. Ich wische mit der Hand über meinen Tisch und fege ein paar nicht existente Krümel herunter.

»Im Moment wohl nicht.« Piamina schnappt sich zwei Walnüsse, die in einem Schälchen auf ihrem Tisch liegen, und drückt sie so fest gegeneinander, dass sie einen roten Kopf bekommt.

»Wieso sind die beiden denn nicht mehr zusammen?« Ich nehme ihr die Nüsse ab versuche sie aufzubrechen.

Piamina zuckt mit den Schultern. »Die beiden waren ewig zusammen. Ich glaube, das ging irgendwann automatisch in Freundschaft über. Sicher bin ich mir aber nicht.«

Mit einem Knacken bricht die Schale zwischen meinen Fingern auf. Eine Nuss ist faul, die andere sieht gut aus. Piamina puhlt alles von meiner Handfläche. »Nick ist immer nett und lustig, aber wirklich an sich ran lässt er niemanden. Er ist wie eine Walnuss. Knallharte Schale.« Sie seufzt und am liebsten würde ich das auch.

Knallharte Schale und überraschendes Inneres, füge ich in

Gedanken hinzu. Wobei mir klar ist, dass ich ihn kaum kenne.

Ist er vielleicht gar nicht so unerreichbar, wie ich bisher dachte? Wenn er nicht mit Annika zusammen ist, hat er vielleicht doch mit mir geflirtet. Dann könnte Liam recht haben mit den Funken zwischen uns. Gedankenverloren stopfe ich mir ein paar restliche Krümel in den Mund und wische die Hände an meiner Jeans ab. So oder so sollte ich nicht zu viel in ein bisschen Flirterei reininterpretieren. Der Möchtegern-Casanova Rafael hat wie verrückt geschäkert und dabei nur für eine Theaterrolle geprobt. Nick ist anders als Rafael, aber ein wenig gemeinsames Lachen und Scherzen bedeutet nicht automatisch, dass er sich für mich interessiert.

Wieder fällt mein Blick auf Annika und Nick, die zusammen an einem Tisch stehen und über die Deko diskutieren. Wenn ich sie so sehe, kann ich kaum glauben, dass sie kein Paar sind.

Zum Glück beendet Emilia meine Grübelei, bevor ich noch Kopfschmerzen kriege. Sie stellt sich auf die obere Stufe der Treppe und klatscht in die Hände, bis alle verstummen.

»Das Briefing ist für heute beendet. Danke, dass ihr alle da wart. Bei Fragen wendet euch bitte an eure Teamleiter.«

Weil die Gruppe um Cedrick sich anscheinend weiter

über die De'Longhi-Kaffeemaschine unterhält, beschließe ich, mich fertig zu machen und nicht auf Liam zu warten. Er soll ruhig noch eine Weile bei Cedrick bleiben. Sogar aus der Entfernung kann ich erkennen, dass seine Augen an Cedricks Lippen kleben, als wären sie aus Zuckerguss.

Im Personalraum fliegt mein Blick sofort zu dem Holzstuhl und tatsächlich liegt das Buch darunter. Es ist, als würde es auf mich warten und mich einladen, es zu öffnen. Ich lausche, ob jemand reinkommt, kann aber nichts hören. Also nehme ich es vorsichtig hoch und blättere nach hinten:

Wahrscheinlich platzt man wirklich irgendwann, wenn man zu viel in sich reinfrisst. Deshalb denke ich ja, dass Schreien helfen könnte, steht da unter meinem Kommentar.

Vielleicht sollten wir das mal zusammen machen? 😉

Wer bist du?

Mit klopfendem Herzen lese ich den letzten Satz. Mist! Ich weiß nicht, ob ich es Nick verraten soll. Das würde den Zauber nehmen, der durch das anonyme Schreiben entsteht. Oder? Außerdem könnte ich wahrscheinlich nicht so offen sein, wenn er vor mir sitzt. Ich schließe das Buch und lege es zurück. Keine Minute zu früh, denn gleich darauf stürmen vier Blaue Wölfe herein, um sich ihre Jacken zu holen.

KAPITEL 10

Ich sitze in Emilias Transporter. Es ist Montag. Heute habe ich ein paar Stunden an der Theke geholfen, dann hat mich die Chefin zum Einkaufen mitgenommen. Mich und Nick.

Nervös zappele ich mit dem Bein. Neben mir wischt Nick auf seinem Smartphone herum. Die Luft im Auto knistert. Und das nicht wegen irgendwelcher Funken, die zwischen Nick und mir herumfliegen, sondern weil er und Emilia sich krampfhaft anschweigen. Ich kenne normales Schweigen und das Schweigen, in dem Ärger, Wut und Unausgesprochenes mitschwingen. Wahrscheinlich haben sich die beiden wegen irgendwas gestritten.

Mein Paps kommt mir in den Sinn. Heute Morgen habe ich ihn vorsichtig gefragt, ob er sich nicht mal bei seinen Eltern melden will. Ich merke doch, wie oft er an sie denkt.

Aber er hat nur vehement den Kopf geschüttelt. »Auf keinen Fall. Sie müssen den ersten Schritt machen.« Dann hat er das Thema gewechselt.

Seufzend schaue ich nach draußen auf die vorbeifliegende Landschaft. Alles ist weiß. Heute Nacht hat es geschneit, und nun sieht es so aus, als hätte jemand eine riesige Schachtel Puderzucker über der Erde verteilt. Die Sonne lässt Häuser und Straßen glitzern. Ich entspanne mich und werde schläfrig.

Zwanzig Minuten später halten wir vor dem Dekogeschäft, in das Emilia mit uns gehen will. Ich blinzele nach draußen. Auch Nick hatte die Augen geschlossen und gähnt nun ausgiebig.

Der Laden empfängt uns mit bunten Lichterketten, Kerzen, Vasen und Keramik-Krimskrams jeder Art. Aus den Lautsprechern tönt Weihnachtsmusik, quietschende Kinder rasen zwischen den Regalen herum und die Leute laden ihre Einkäufe bergeweise in riesige Wagen. Sofort fühle ich mich erschlagen von dem Trubel. Auch Nick neben mir stöhnt hörbar. Nur Emilia lässt sich nicht beeindrucken. Sie hält auf die Einkaufswagen zu und wuchtet eines der monströsen Teile aus ihrer Halterung. Der Wagen ist so groß, dass man mindestens ein halbes Sofa hineinstellen könnte.

»Der kleine Jan und die kleine Lina möchten aus der Weihnachtsbäckerei im ersten Obergeschoss abgeholt werden«, tönt eine Frauenstimme aus dem Lautsprecher.

»Da fühlt man sich gleich wie in der Fabrik von Santa Claus«, murmelt Nick neben mir. »Fehlen nur die Elfen.«

Ich fange an zu grinsen. »Die sind alle in der Weihnachtsbäckerei.«

Nick boxt mir gegen die Schulter und mir wird schlagartig warm.

»Kommt ihr?«, unterbricht Emilia unser Geplänkel. Zielsicher bugsiert sie den Wagen durch die Menschenmenge. Wir heften uns an ihre Fersen, damit wir sie nicht aus den Augen verlieren. In voller Fahrt greift sie mal nach links und mal nach rechts und legt allerlei bunten Kleinkram in den Wagen. An einer Abzweigung stoppt sie. »Ich gehe zum Geschirr dort hinten. Ihr beide sucht derweil bitte ein paar Decken und Kissen für die Außenbestuhlung aus. Am besten in Rot oder mit Herzmuster. Die Schlafzimmerabteilung ist dahinten. Ich komme gleich nach.«

Im ersten Moment fühle ich mich etwas überfordert. Mit Nick zwischen kuscheligen Betten nach romantischen Kissen zu suchen fühlt sich schräg an. Schweigend laufe ich neben ihm her und schiele zu ihm rüber. Ob es ihm auch so geht?

Er knetet seine Finger, was tatsächlich so wirkt, als wäre er ebenso unsicher wie ich. Andererseits hat er vielleicht auch nur kalte Hände.

»Da ist es«, sagt er und durchbricht die Stille zwischen uns. Er zeigt auf eine Regalwand voller Kissen. Sie reicht so weit nach oben, dass wir die Köpfe in den Nacken legen müssen.

»Der reinste Kissenwahnsinn«, stöhne ich und starre

hinauf. »Die sind schön.« Ich zeige auf eine blaue Variante mit dem gelb-weißen Schriftzug LOVE.

»Mir gefällt das.« Nick greift sich ein Plüschkissen in Herzform. Es ist so pink, dass mir davon die Augen tränen.

Offenbar mache ich ein dermaßen entsetztes Gesicht, dass Nick losprustet. Dann wirft er mir das Kissen an den Kopf. »Das hast du jetzt nicht ernsthaft geglaubt, oder?«

»Hey!«, beschwere ich mich und hebe es auf, um es zurückzuschleudern. Nick springt zur Seite. Mein Geschoss landet erneut auf dem Boden. Geistesgegenwärtig greift er nach einem blauen Kissen und wirft es mir entgegen. Dieses Mal bin ich vorbereitet. Ich mache einen Schritt zurück. Dummerweise landen meine Beine dabei an etwas Hartem. Es ist ein Bett. Durch den Schwung verliere ich das Gleichgewicht und falle hintenüber. Im nächsten Moment umfangen mich weiche Wellen. Unter mir schwankt alles, als würde ich in einem Boot liegen und mit ihm über einen See schaukeln. Ich will mich hochrappeln, da ist Nick schon bei mir und lässt sich rücklings neben mich fallen. Sein Gewicht löst eine Riesenwelle aus, sodass ich in kleinen Hüpfern hochgeworfen werde.

»Komisch, so ein Wasserbett«, sagt er und dreht den Kopf zu mir. Seine rauchgrauen Augen sind plötzlich so nah, dass ich ein Muster gelber Sprenkel darin erkennen kann.

»Nichts für Leute, die schnell seekrank werden«, krächze ich.

»Stimmt.« Nick lächelt. Ich lächle zurück und schlucke.

Dann hievt er sich hoch und hält mir seine Hand hin. »Komm, du bist schon ganz grün um die Nase.«

»So ein Quatsch! Ich bin total seefest«, entgegne ich, greife seine warmen Finger und lasse mich von ihm hochziehen. Etwas wackelig komme ich vor ihm auf die Füße. Einen Moment lang stehen wir dicht voreinander. Tatsächlich ist mir gerade ein bisschen schwummerig. Ich bin mir aber nicht sicher, ob es am Wasserbetten-Wellengang liegt oder an Nicks Nähe.

»Habt ihr was Romantisches gefunden?«, tönt die Stimme meiner Chefin zu uns hinüber. Emilia stößt mit einem Wagen voller Tassen und Teller zu uns.

Ja, diesen Jungen hier vor mir, denke ich und trete hastig einen Schritt zur Seite. Dann zeige ich auf das blaue Kissen mit dem LOVE-Schriftzug. »Die, äh, wären schön.« Meine Stimme klingt noch immer wie eine klemmende Tür. Ich räuspere mich.

»Nicht glamourös genug«, lehnt Emilia ab.

Nick deutet auf ein rostrotes Kissen mit geschwungenen Herzen darauf, die so abstrakt wirken, dass man sie nur bei genauerem Hinsehen erkennt. An den Rändern hängen goldene Bommel. Daneben liegen passende Decken.

Emilia nickt zufrieden. »Gut, die nehmen wir.« Schon beginnt sie, alles einzuladen. Nick und ich helfen ihr dabei.

»Was ist das?« Nick zeigt auf eine große Kiste in Emilias Wagen.

»Eine Seifenblasenmaschine. Ich stelle sie oben auf die Empore, dann verteilen sich die Blasen im ganzen Restaurant.«

»Jetzt übertreibst du aber ein bisschen«, meint er, woraufhin Emilia sich energisch eine weitere Ladung der Kissen und Decken schnappt. »Herr Mollinedo wünscht sich eine Party im Superlativ: gut, besser, am besten; schön, strahlend, absolut glamourös. Das bekommt er. Es gibt nichts ...«, sie stockt.

»... was unmöglich ist«, vollendet Nick den Satz.

Emilia nickt. »Hol bitte einen zweiten Wagen vom Eingang. Dieser hier reicht nicht. Und dann habe ich noch eine Liste, die ihr gemeinsam abarbeiten könnt. Kerzenhalter, Teelichter, Servietten, Lichterketten und solche Sachen.«

»Yes, Ma'am.« Nick lacht, salutiert und verschwindet.

Emilia tut so, als hätte sie seinen Kommentar nicht gehört. Mir entgeht ihr Lächeln aber nicht, das sich kurz auf ihre Lippen schleicht, bevor sie wieder ernst und konzentriert weitere Kissen und Decken einlädt.

Die Spannung zwischen den beiden hat sich aufgelöst.

Es ist schön zu sehen, dass so was auch bei einem simplen Einkauf im Riesendekogeschäft geschehen kann.

Zurück im Roll-In, parkt Emilia den Transporter am Hintereingang. »Wir laden das morgen Nachmittag aus, in Ordnung? Jetzt ist es spät und ich habe noch ein paar Dinge im Büro zu tun.«

Wir nicken. Ich bin froh, dass ich für heute entlassen bin. Dieser Einkauf hat mich durcheinandergebracht. Ich fühle mich noch immer ein bisschen, als würde ich mit einem wackeligen Kahn über einen See schippern.

»Ihr habt eine Kissenschlacht gemacht? Wie romantisch!«, sagt Liam, als wir spätabends miteinander telefonieren. Vorhin bin ich vollkommen durchgefroren und mit pitschnassen Füßen heimgekommen. Draußen gab es Schneeregen und Windböen, die mir ins Gesicht peitschten und meine Haut vor Kälte taub machten. Jetzt sitze ich im Pyjama und mit Kuschelsocken auf dem Bett, eine dampfende Teetasse in der Hand. Süßer Früchteduft steigt mir in die Nase.

»Na ja, es war nicht direkt eine Schlacht«, relativiere ich seinen Kommentar.

»Ihr habt aber zusammen in einem Wasserbett gekuschelt.«

Ich grinse und ziehe mir meine Decke über die Füße.

»Wir lagen drei Sekunden nebeneinander in einem Monsterkaufhaus mit fünfhundert Leuten um uns herum.«

»Na und? War Nick dir nah oder nicht?«

Bei dem Gedanken daran, wie er neben mir im Bett lag und sich unsere Schultern berührt haben, wird mir sofort warm. »Ähm, ja, schon.«

»Habt ihr euch auch tief in die Augen geschaut?«

»Kurz vielleicht«, gebe ich zu.

»Na also. Und dann schreibt ihr euch auch noch Liebesbriefe.«

»Das sind keine Liebesbriefe«, knurre ich und bereue es einen Moment lang, ihm von den Notizen in Nicks blauem Buch erzählt zu haben. »Ich will mich da nicht reinsteigern. Es gibt Annika und …«

»Die beiden sind nicht mehr zusammen, schon vergessen?«, unterbricht Liam mich.

Nein, natürlich habe ich das nicht. Im Gegenteil. Seit Piamina mir davon erzählt hat, kann ich an nichts anderes mehr denken. Irgendwie macht es alles aber nur komplizierter. Vorher gab es für mich eine klare Grenze zwischen uns. Die ist nun verschwunden und hat mich noch unsicherer gemacht. Ich habe keine Ahnung, wie ich mich verhalten soll. Und Annika scheint trotzdem noch eine wichtige Rolle in Nicks Leben zu spielen. Die Beziehung zwischen den beiden ist mir ein Rätsel.

»Wie findest du denn die Leute im Roll-In?«, lenke ich von mir ab. »Wir haben uns gestern gar nicht mehr gesprochen.«

»Nett.«

»Aha!?« Ich warte auf einen ausführlichen Bericht, doch der kommt nicht. »Cedrick ist toll, oder?«, hake ich nach.

»Ja, echt cool!«

»Warst du noch lange im Restaurant?«

»Nicht mehr so lange. Musste heute wieder früh in den Zoo.«

Einen Moment lang warte ich noch, dann gebe ich es auf. Wenn Liam nicht darüber sprechen will, bohre ich auch nicht weiter nach. Mich nervt das andersrum ja auch.

»Okay, dann lass uns aufhören, ich bin hundemüde«, sage ich und gähne.

»Ja, schlaf gut.« Liam schmatzt einen Kuss in den Hörer und ich lege auf.

Gleich darauf fahre ich im Traum auf Schlittschuhen durch die Nacht. Kissenfedern schweben vom Himmel. Sie tanzen um mich herum und kitzeln mir im Gesicht. Nick taucht zwischen ihnen auf. Er streckt mir die Hand entgegen und ich greife danach. Gemeinsam fahren wir durch das fluffige Weiß, als wären wir Tänzer inmitten von Hunderten Kunstschneeflocken.

KAPITEL 11

Ich wische mir den Schweiß von der Stirn. Seit gefühlten Stunden schleppe ich schon mit Nick die Deko, die wir gestern mit Emilia gekauft haben, aus dem Wagen in den Gewölbekeller. Am Anfang waren wir beide noch voller Tatendrang. Nun sind wir erschöpft und aus der Puste. Emilia hat Plastikkisten in einem Regal gestapelt, in denen wir die Einkäufe verstauen sollen.

»Ich bin froh, dass deine Mutter nur einen kleinen Transporter hat und keinen Bus«, keuche ich mit Taschen voller Decken und den Herzkissen in den Armen.

Nick zieht sich die Jacke aus und schmeißt sie auf den Tisch, auf dem meine auch schon liegt. Dann öffnet er eine leere Kiste, damit ich meine Ladung darin verstauen kann.

Zusammen machen wir uns wieder auf den Weg nach oben, wo noch immer etliche Taschen und Tüten auf uns warten. Eine halbe Stunde später schleppe ich endlich die letzte Fuhre hinunter. Nick folgt mir mit dem Seifenblasenkarton. Wir stellen alles ab und betrachten zufrieden unser Werk.

»Wenn das in ein paar Tagen nur nicht wieder hochmüsste«, stöhne ich und spüre das Ziehen in meinen Beinen umso mehr bei dem Gedanken daran, die ganze Arbeit noch mal zu haben.

»Das kann dann jemand anders machen«, beschließt Nick. »Die Theke braucht noch Zitronen, Orangen und Ananas für Cocktails. Hilfst du mir, sie zu holen?«

»Klar.« Ich trete hinter ihm in die kleine Kühlkammer, die Cedrick mir neulich gezeigt hat. Die Kälte darin tut gut. Es ist nicht so eisig wie draußen, dafür aber deutlich kühler als nebenan. Am liebsten würde ich ein paar Minuten hier stehen bleiben, bis meine Körpertemperatur wieder runtergefahren ist. Nick geht zu einem Regal und schnappt sich Orangen aus einer Kiste. Ich will ihm gerade dabei helfen, da fällt die Tür hinter mir zu. Das knarzend-klickende Geräusch, das sie dabei macht, lässt mich innehalten. Sicherheitshalber drücke ich die Klinke runter. Nichts tut sich. Ich rüttele daran. Fester und fester, aber die Tür ist zu.

»Lass mich mal.« Nick legt das Obst beiseite und kommt zu mir. Leider weigert sich das verdammte Ding auch bei ihm.

»Mist, wir sitzen wohl fest«, murrt Nick und zieht sein Phone aus der Hosentasche. Mit gerunzelter Stirn starrt er auf das Display. »Kein Empfang.«

Wusch! Weg ist mein Wunsch, hier rumzustehen und

gemütlich abzukühlen. Mit den Fäusten hämmere ich gegen die Tür. Vielleicht sollten wir um Hilfe rufen? Über uns im Restaurant steppt aber der Bär. Da wird uns niemand hören.

»Das gibt's doch nicht! Wie kommen wir denn jetzt hier raus?«, jammere ich.

Nick zuckt mit den Schultern. »Schätze, wir müssen warten.«

Sein Atem haucht weißen Dampf in die Luft. Genau wie meiner. Nun finde ich die Kälte gar nicht mehr toll. Im Gegenteil! Ein Schauer rollt mir den Rücken runter. Der Schweißfilm auf meiner Stirn fühlt sich an wie eine Eisschicht. Ich reibe mir über die nackten Arme und wünschte, ich hätte vorhin nicht auch noch meinen Pulli ausgezogen.

»Bestimmt schaut bald jemand nach uns«, sagt Nick und macht ein paar planlose Schritte.

Ich nicke, kann das Gedankenkarussell in meinem Kopf aber nicht stoppen. Wie lange braucht es, bis man an Unterkühlung draufgeht? Oder an Luftmangel erstickt? Ich sehe keine Fenster. Dann müsste der Sauerstoff doch irgendwann knapp werden, oder? Mein Hals schnürt sich zu. *Bleib cool!*, befehle ich mir, doch es hilft nichts. Ein Schauer nach dem andern jagt mir den Rücken runter. Meine Knie fühlen sich an wie Wackelpudding, und meine Hände zittern, als würde eine Horde Ameisen darauf herumkrabbeln. Ich reibe sie aneinander, lehne mich an ein Regal, schließe einen Moment die Augen. Als ich sie öffne, kommt mir der Raum kleiner vor. Ich schüttele den Kopf.

»Hey, alles okay?« Nick sieht mich fragend an.

»Mhm«, presse ich hervor, atme hektisch ein, dann aus und wieder ein. Das Engegefühl in meinem Hals lässt nicht nach und die Gedanken purzeln durcheinander wie angestoßene Billardkugeln. »Als Kind habe ich mal im Fahrstuhl festgesteckt«, keuche ich, damit Nick mich nicht für völlig übergeschnappt hält. Die Bilder von dem Lift, in dem ich Todesängste ausgestanden habe, stürzen auf mich ein.

»Beruhig dich!« Mit einem Schritt steht Nick vor mir. Er streicht mir über die Arme. Seine Stimme ist warm und weich. »Wir können hier nicht abstürzen und es gibt genug Platz. Du kannst hin und her laufen, wenn es dir hilft.«

Mit bebenden Lippen schüttele ich den Kopf. Meine Zähne klappern aufeinander, als hätte ich Schüttelfrost. Ich bemühe mich, meinen Kiefer still zu halten, aber es gelingt mir nicht.

»Atme!«, fordert Nick mich auf, weil ich schnaufe wie ein Triathlet kurz vorm Zusammenbruch. »Ein und aus, ganz langsam! Seine rauchgrauen Augen fangen meinen umherirrenden Blick ein und halten ihn gefangen. »Alles ist gut.« Nick ist noch näher an mich herangerückt. Als er mich in eine Umarmung zieht, halte ich erschrocken die Luft an. Seine Wärme umfängt mich. Die Achterbahn in meinem Kopf löst sich auf und meine verkrampften Schultern lockern sich wieder ein wenig. Nur mein Herz jagt in wildem Galopp weiter. Nick fühlt sich gut an. Ich schließe die Augen und lehne meinen Kopf gegen seine Schulter. Während seine Hand über meinen Rücken streicht, vergesse ich die Hundekälte um uns herum. Mein Aufzugstrauma verschwindet im hintersten Winkel meines Kopfes. Die Wände rücken nicht weiter zusammen, und die Tatsache, dass wir hier festsitzen, ist mir plötzlich völlig egal. Es gibt nur mich und Nick, seinen ruhigen Atem an meinem Ohr und seine Arme, die mich festhalten.

»Besser?«, murmelt er und ich nicke. Zum Glück kann er nicht sehen, dass meine Wangen rot werden. Ich spüre die Hitze, die mir in den Kopf steigt.

»Hey, Nick, bist du hier?« Eine Mädchenstimme reißt uns aus dem Zauber.

Sofort löst sich Nick von mir, macht einen Schritt an die Tür und rüttelt daran. »Ja, im Kühlraum. Die Tür klemmt.«

Blinzelnd folge ich ihm. Ich fühle mich, als wäre ich aus einem Traum erwacht und mitten in der Eiszeit gelandet. Mit einem Mal umfängt mich die Kälte wieder. Sie frisst sich durch den dünnen T-Shirt-Stoff und nagt an meiner Haut.

Von draußen rumst jemand gegen die Tür. Dann noch mal und noch mal.

»Wir versuchen es zusammen«, ruft Nick. »Ich zähle bis drei.« Fest umfasst er die Klinke. Auch ich greife danach. »Eins, zwei, drei.«

Mit einem Krachen geht die Tür auf. Annika fliegt uns entgegen, direkt in Nicks Arme. Er fängt sie auf, und ich schlucke einmal, weil mein Hals beim Anblick dieses Traumpaars zu kratzen anfängt. Annika hat eine Stange in der Hand, die sie offenbar als Brecheisen benutzt hat.

»Danke für die Rettung«, sagt Nick und hilft ihr auf die Beine.

»Immer gern.« Sie strahlt ihn an. »Emilia meinte, dass ich dich hier finde. Ich wollte etwas mit dir besprechen. Es ist wegen ...«, sie sieht mich an und verstummt. Offenbar ist das, was sie ihm sagen will, nicht für meine Ohren bestimmt.

»Alles wieder in Ordnung?«, erkundigt sich Nick bei mir und ich zwinge mich zu einem lässigen Lächeln.

»Ja klar.« Schnell schnappe ich mir eine Handvoll Orangen und verlasse die Kammer. Meine Panikattacke ist mir unsagbar peinlich. Ich habe mich benommen wie ein Kleinkind, das einem Pudel begegnet und reagiert, als handele es sich um einen riesigen Bären.

»Wir sollten bei Cedrick einen heißen Kakao trinken, um

uns aufzuwärmen«, schlägt Nick vor. Annika runzelt die Stirn und sieht erst mich und dann Nick fragend an.

»Danke, aber ich muss mich in der Küche melden«, murmele ich. Im Vorbeigehen greife ich nach meinem Pulli und der Jacke und eile die Treppenstufen hoch.

»Was war *das* denn?«, höre ich Annika noch fragen.

»Was meinst du?«, erkundigt sich Nick.

»Die war ja total von der Rolle. Und du hast sie ganz komisch angeschaut.«

Mehr kriege ich nicht mit, weil ich ins Roll-In trete und bei Cedrick die Orangen ablade.

Er wirft mir einen besorgten Blick zu. »Du siehst aus, als hättest du einen Horrorclown gesehen. Alles gut?«

»Ja, natürlich. Ich habe nur im Kühlraum festgesteckt. War ein bisschen kalt.«

»Hat die Tür etwa schon wieder geklemmt? Wir warten seit zwei Wochen auf eine Neue.«

Ich nicke. »Und zwar so richtig. Nick und ich haben sie nicht mehr aufgekriegt.«

»Immerhin wart ihr zu zweit und konntet euch warme Gedanken machen.« Er zwinkert mir zu, und ich spüre erneut, wie meine Wangen zu glühen anfangen. Schnell drehe ich mich um und gehe in die Küche. Wenn er wüsste, wie recht er hat.

KAPITEL 12

In der Küche herrscht wie immer wildes Treiben.

»Hilf Karla bitte«, weist mich Sergio in seinem üblichen Befehlston an. Da winkt die mich auch schon zu sich.

Als ich neben sie trete, hält sie kurz inne. »Hey, du bist ein bisschen blass um die Nase.«

Weil man mir den Keller-Zwischenfall offenbar ansehen kann, erzähle ich auch ihr, was gerade passiert ist.

Stumm nickt Karla und stellt einen Topf mit Wasser auf eine der vielen Herdplatten. Langsam beginnt es zu köcheln und Karla schüttet verschiedene Gewürze hinein: Anis, Kümmel, Ingwer und Chili, Zimt und Nelken. Dann drückt sie eine Orange darüber aus. Der Duft ist wunderbar. Ich schließe die Augen und atme tief ein.

»Der Tee ist ein Geheimrezept meiner Großmutter gegen kalte Füße«, erklärt Karla und rührt gedankenverloren in dem Topf herum.

»Klingt toll. Kann ich mir die Zutaten aufschreiben? Ich denke an meinen Plan, während des Praktikums ein paar besondere Rezepte kennenzulernen.

Nun lacht Karla. »Kannst du. Aber lass dir gesagt sein, dass es die Zutat, die diesen Tee perfekt macht, nicht zu kaufen gibt.«

»Ach ja?« Nun hat sie meine volle Aufmerksamkeit. »Was ist es denn?«

»Liebe!«

»Liebe?«, wiederhole ich verwirrt und Karla nickt.

»Meine Großmutter war eine Meisterköchin und die glücklichste Frau, die ich kannte. Ihr Geheimrezept: ein Quäntchen Liebe! Wenn man die Dinge mit Hingabe und Freude macht, dann erfüllen sie einen. Sie werden zu etwas Besonderem, mit dem man andere Menschen berühren kann. Fehlt diese Zutat allerdings, dann bleibt das Ergebnis schal und ohne Raffinesse. Das gilt für Gerichte genauso wie für alles andere.«

Mit großen Augen starre ich sie an und lasse ihre Worte sacken, während sie sich eine Kelle von einem Haken über ihrem Kopf angelt. Karla hat recht. Ich muss an Paps denken, der sich seinen Projekten immer voller Energie widmet und damit jedes Mal etwas Tolles erreicht. Zwar ist er nicht immer erfolgreich, aber in jedem Fall kommt eine lustige Geschichte dabei raus, über die wir später herzhaft lachen.

»Was wird das?«, dröhnt Sergio neben uns. Ich zucke zusammen. »Getränke macht Cedrick.« Schnuppernd beugt er sich über den Topf. Am liebsten möchte ich einen Schritt zurücktreten. Mit seinem stechenden Blick und den Rillen an der Nase, die sich noch vertiefen, erinnert er mich mehr denn je an einen Drachen. Einen schlecht gelaunten Drachen kurz vorm Feuerspucken.

Im Gegensatz zu mir lässt sich Karla von Sergio mal wieder kein bisschen einschüchtern. Seelenruhig gießt sie eine Kelle Tee in eine Tasse und reicht sie mir.

»Das Mädchen ist total durchgefroren. Wenn sie mir bei den hors d'œuvres helfen soll, muss sie erst mal warm werden«, entgegnet sie, woraufhin sich Sergio schnaubend abwendet. Es würde mich nicht wundern, wenn gleich Rauchschwaden aus seinen Nasenlöchern kommen.

Ich nippe an dem Tee. Er schmeckt himmlisch fruchtig mit einer scharfen Note, die mir sofort den Bauch wärmt. Dieses Rezept brauche ich unbedingt. Vielleicht kann Paps es als Wintertrunk im Food Truck anbieten.

Karla reibt sich die Hände. »Gut, dann mal los. Es geht um das Essen für die Party. Wir haben einiges geplant und erste Varianten vorbereitet. Herr Mollinedo kommt gleich und möchte Kostproben haben. Du kannst mir bei den Vorbereitungen helfen, wenn du magst.«

Aufgeregt stelle ich meine Tasse ab. Ich fühle mich geschmeichelt, dass ich endlich eingebunden werde und nicht mehr nur die Spülhilfe bin.

»Als Häppchen gibt es süßsauren Glasnudelsalat, vegane Soljanka und Möhrencracker mit pikanter Guacamole. Außerdem Ricotta-Kräuter-Täschchen in Nussbutter«, erzählt Karla und zieht einige Töpfe aus dem Kühlschrank an der Wand. »Die richten wir jetzt zusammen an. Sergio macht das Hauptgericht: Chiasamen- und Blaualgenpüree, Zanderfilet, Dinkelbrötchen mit Sonnenblumenhack und Krautsalat, Waldpilzrisotto mit Trüffelaroma. Als Nachspeise gibt es eine Eis- und Obstvariation und Brownie-Lebkuchen mit Zwetschgensoße und Erdbeer-Minzsalat.« Sie zeigt rüber zu Ludovico, der mit einer Sahnespritze herumhantiert und weiße Pünktchen auf einen Teller kleckst.

»Hm, mir läuft das Wasser im Mund zusammen«, gebe ich zu.

Karla lächelt. »Wir haben diesem Mollinedo tausend Vorschläge gemacht. Und er war gestern schon mal hier, um erste Häppchen zu probieren. Bisher war er nicht zufrieden. An jeder Kostprobe hat er etwas auszusetzen. Mal hatte es zu viel Pfeffer, was dem Model angeblich nicht schmeckt. Mal war es zu süß, was der Freund wohl nicht mag. Insgesamt fehlte ihm noch das gewisse Etwas. Nicht glamourös genug.« Sie rollt mit den Augen.

Erstaunt runzele ich die Stirn. »Also, wenn Blaualgenpüree, vegane Soljanka und Brownie-Lebkuchen nicht besonders sind, dann weiß ich auch nicht.«

Karla lacht. »Finde ich auch. Vielleicht sollten wir ihm einfach Fast Food vorsetzen, dann weiß er, was er hat.«

»Mit einem Schuss Liebe wird das auch super«, sage ich und denke an das Geheimrezept ihrer Oma und meine wunderbare Currysoße.

»Hast du eine Idee dazu?«, fragt sie mich tatsächlich, während wir Chicoréeblätter als Deko auf ein paar Tellern verteilen. »Du siehst so aus, als hättest du eine.«

»Na ja, im Food Truck meiner Eltern koche ich öfter mal was Kleines.«

Kurzerhand schnappt sich Karla einen Teller. »Weißt du was? Ich mache die Guacamole und du zauberst etwas Eigenes. Überrasch mich! Vielleicht können wir etwas daraus machen.«

Ich weiß nicht, was ich sagen soll. Darf ich ernsthaft eine Vorspeise machen, die wir dem superkritischen Agenten des supererfolgreichen Models für eine superspektakuläre Party anbieten? Tief atme ich durch, schiebe die blöden Bedenken beiseite und gebe mir einen Ruck. Wenn es Karla nicht schmeckt, dann esse ich es eben selbst.

»Habt ihr Würstchen?«, erkundige ich mich und reibe meine Handflächen aneinander.

Karla zieht ein Paar aus einer Schublade, und während sie Zwiebeln und rote Chili für die Guacamole zerhackt, nehme ich mir den Ketchup vor. Den rühre ich, wie sonst auch, selbst an und mische am Ende das Currypulver unter. Immer wieder schiele ich zu den Häppchen rüber, die Karla auf den Tellern zurechtlegt. Sie macht es ganz vorsichtig mit spitzen Fingern und gibt von jeder Zutat nur einen Klecks hinzu. Wenn wir bei Ernie solche Portionen anbieten würden, wären die Leute stinksauer, weil sie kaum etwas in den Magen kriegen. Ich beschließe, meine Portion ein bisschen größer zu machen. Genau so, wie ich sie gerne selbst essen würde. Zuerst nehme ich eine Pumpernickel-Scheibe und zerteile sie. Dann lege ich ein Salatblatt darauf. Nun kommen zwei Würstchenstücke, darüber die Currysoße. Ich brate auch noch Zwiebelringe an und hole aus dem Kühlschrank ein paar Gewürzgürkchen. Zum Schluss lege ich eine Tomatenscheibe und dann die andere Seite des Brotes obendrauf. Irgendetwas fehlt noch. *Pommes,* schießt es mir durch den Kopf. Zu einer ordentlichen Currywurst gehören Pommes. Knusprig geröstet und voller Salz.

»Können wir vielleicht noch Pommes machen?«, erkundige ich mich.

Karla nickt und wirft die Fritteuse an. »Du hast klare Vorstellungen und eine Vision. Das braucht eine gute Köchin.« Sie klopft mir auf die Schulter und in mir breitet sich ein warmes Gefühl aus. Es ist zwar nur Fast Food und absolut nicht glamourös-pompös, aber das Lob macht mich trotzdem stolz. Als das Fett leise blubbert, zerstückele ich eine Kartoffel und werfe sie hinein. Wenig später habe ich knusprig gebrutzelte Ecken, die ich mit einem Holzspieß von Karla auf das Pumpernickel-Sandwich stecke. Darüber verteile ich im Zickzackmuster noch etwas Currysoße. Fertig! Hoffentlich schmeckt es so gut, wie es aussieht.

Karla stellt sich neben mich. Vorsichtig nimmt sie mein Mini-Sandwich hoch und beißt ein Stückchen ab.

»Das mit dem Geheimrezept hast du drauf. Es ist wirklich lecker«, sagt sie lächelnd. »Mach noch welche, dann bieten wir deine *Currywurst à la Luzie* gleich mit an.«

»Ernsthaft?« Meine Stimme klingt quietschig. Das ist so was von cool!

»Ja, ernsthaft!«, erwidert Karla. Und so mache ich gleich noch drei weitere Häppchen.

Als Mister Glamourös-Pompös endlich auftaucht und wir unsere Kreationen per Schienensystem losschicken, klopft mir das Herz bis zum Hals. Hoffentlich wird Emilia nicht sauer, weil ich das Häppchen gemacht habe, obwohl ich nur die kleine Aushilfe bin. Und hoffentlich bekommt Karla keinen Ärger, weil sie mir diese Chance gegeben hat! Sergio hat das bisher kommentarlos hingenommen.

Ich kaue auf meiner Unterlippe und schiele aus der Küchentür. Der Agent sitzt mit dem Rücken zu mir neben der Theke, sodass ich seine Miene nicht sehen kann. Und Emilia trägt wie immer ein festgetackertes Lächeln im Gesicht.

Fragend sieht sie Mister Glamourös-Pompös an, während der sich einen Teller nach dem anderen vornimmt. Dabei macht sie sich Notizen, nickt mal, schreibt weiter, erklärt etwas.

So wie ich mich gerade fühle, muss es einem Koch gehen, wenn ein angesehener Restaurantkritiker seinen Laden unter die Lupe nimmt.

Zum Glück stehen die beiden da draußen bald auf und der Agent tritt auf die Eingangstür zu. Emilia begleitet ihn, dreht sich aber zur Küchencrew um, die mittlerweile versammelt im Türrahmen steht, und hält den Daumen hoch.

»Oh Mann, endlich«, stöhnt Ludovico und geht einen Schritt zurück.

»Puh, er scheint zufrieden zu sein«, sagt auch Karla. Sergio brummt. Wir ziehen uns wieder zurück und räumen die Küche auf.

Wenig später kommt Emilia zu uns. Die Erleichterung ist ihr ins Gesicht geschrieben. »Das Essen entspricht endlich seinen Vorstellungen. Herr Mollinedo wünscht sich nur noch eine Suppe. Das Horsd'œuvre mit der Currysoße findet er *erfrischend anders.*«

»Luzie hat es kreiert«, schaltet sich Karla ein, woraufhin alle Blicke sich auf mich richten. Mein Kopf fängt an zu glühen.

Emilia zieht beeindruckt die Augenbrauen hoch. »Nicht schlecht.«

Sogar Sergio murmelt: »Das war gute Arbeit, Luzie. Respekt! Danke an alle anderen.« Es ist der längste Wortbeitrag, den ich bisher von ihm gehört habe.

Die Zufriedenheit in meinem Bauch wird so groß, dass ich fast platze. Wenn man von meiner peinlichen Panikattacke einmal absieht, dann hatte dieser Tag doch sehr viel Gutes. Ich habe ein Geheimrezept kennengelernt und mir ein verrücktes Currywursthäppchen ausgedacht, das auch noch gut angekommen ist. Außerdem hat Nick mich im Arm gehalten. Schon allein der Gedanke daran löst ein Prickeln in mir aus. Ich bin zwar nicht sicher, wie ich mich ihm gegenüber jetzt verhalten soll, aber für den Moment beschließe ich einfach, das gute Gefühl ein wenig festzuhalten.

Am nächsten Morgen mache ich mich gleich nach dem Frühstück auf den Weg zum Food Truck. Heute muss ich nicht ins Roll-In, weil ich am Sonntag bei dem Briefing war und Emilia uns deswegen einen Tag freigegeben hat.

Ich öffne Ernies Tür und trete ein. Meine Schritte bringen den Boden unter mir zum Schwingen. Ernies Stoßdämpfer fangen mein Gewicht auf und geben nach, sodass alles in Bewegung gerät. Der Kühlschrank summt sein leises Lied und Paps hat bereits das Licht angeschaltet und die Klappe zum Verkaufsfenster entriegelt. »Hallo, Ernie«, antworte ich auf die truckeigene Begrüßung.

Unter der Theke steht die Kiste mit Weihnachtsdeko. Ich krame darin herum und ziehe die Girlande mit den bunten Kugeln und Lichtern hervor. Paps wollte Ernie schon längst damit schmücken. Wahrscheinlich ist das wegen der Eisschnitzereien untergegangen. Also kümmere ich mich jetzt darum. Summend hänge ich mir die Lichterkette für Ernies Theke um den Hals und klemme die Holzbäumchen und Wichtel, die Paps und ich vor zwei Jahren geschnitzt haben, unter den Arm. Dann gehe ich raus. Gerade will ich die Girlande feststecken, da sehe ich ein Mädchen. Es läuft an der Eisbahn vorbei und macht eine Kurve um die tropfenden Reste von Pan. Zielsicher hält sie auf mich zu. Ist das Annika?

»Hi«, ruft sie. Ihre roten Locken schimmern in der Sonne wie feuriges Gold.

»Hi, Annika. Was machst du denn hier?«

»Ach, ich wollte mich nur mal bei euch umschauen. Und, ähm, ich habe neulich hier meinen Lipgloss verloren. Habt ihr ihn gefunden?«

»Glaube nicht. In der Fundkiste unter der Theke liegt nur ein Handschuh, sorry!«

Annika zuckt mit den Schultern. »Kein Problem.«

»Willst du etwas trinken?«, frage ich.

»Nein danke, muss gleich weiter.«

Stumm sieht Annika mir dabei zu, wie ich die Holzdeko auf den Boden stelle und sie zurechtschiebe.

»Du kannst echt toll Schlittschuh fahren«, sage ich, um die Stille zwischen uns zu durchbrechen. »Deine Pirouetten sind super!«

»Danke schön. Ich bin ständig auf dem Eis.« Sie hält inne. »Nick fährt nicht so gerne. Aber das weißt du ja schon.«

Ich wundere mich über diesen Kommentar, nicke aber dennoch. Dann mache ich mich daran, die Girlande zu befestigen.

»Du hast ein bisschen Zeit mit ihm verbracht«, sagt Annika zögernd.

»Ja, stimmt.« Unsicher streiche ich über eine der bunten Kugeln.

»Ihr versteht euch gut, nicht wahr?«, bohrt sie weiter und rückt eines der Holztannenbäumchen auf dem Boden zurecht.

»Klar, er ist ... ähm ... nett.« Wird das hier ein Verhör? Plötzlich komme ich mir blöd vor mit dem bunten Gebimsel in den Händen und der Lichterkette um den Hals.

»Ja, das ist er. Und ich hoffe, das bist du auch«, sagt sie schließlich. Ihr Tonfall klingt auf einmal scharf.

Was meint sie denn *damit*? Will sie mir sagen, dass ich die Hände von ihm lassen soll? Aber die beiden sind doch kein Paar mehr. Oder? Ihr Blick durchbohrt mich und so langsam werde ich sauer. »Hör mal, was willst du eigentlich von mir?«

»Nick ist mir wichtig. Sehr sogar!« Schwungvoll dreht sie sich um. »Ich muss jetzt gehen. Bis dann.«

Ich starre ihr verwirrt nach, bis sie die Eisbahn hinter sich gelassen hat und ihre feuerroten Haare zwischen ein paar Bäumen verschwinden.

KAPITEL 13

Nachdem ich Ernie fertig dekoriert habe, mache ich mich auf den Weg zu Grand-mère und Grand-père. Beim Essen erzähle ich vom Praktikum und meiner Currywurst-Kreation.

»Dieses Fast Food passt doch nicht zu einer schicken Promi-Party voller Feinschmecker«, meint Grand-mère abschätzig.

»Das kommt darauf an, wie man es präsentiert«, widerspreche ich und muss an die tollen Dekorationen von Sergio denken. Wahrscheinlich könnte er sogar einen simplen Apfel so schön auf einem Teller anrichten, dass es wie ein Kunstwerk aussieht.

Grand-mère rümpft die Nase. »Ich kann mir lieblose Schnellgerichte jedenfalls nicht außerhalb von kleinen Imbissbuden vorstellen.«

Auf einmal kommt mir die Poulardenbrust, an der ich gerade kaue, vor wie ein Stück Gummi. Mit einem einzigen Kommentar hat Grand-mère es geschafft, mich, Paps und Ernie zu beleidigen. Mein Bauch grummelt. Dennoch schlucke ich eine Erwiderung runter, weil Grand-pères Zittern stärker wird und er etwas von seinem Trinken verschüttet.

Nach dem Essen helfe ich Grand-père im Garten. Es fällt mir schwer, mir die schlechte Laune nicht anmerken zu lassen.

»Nimm deine Großmutter nicht so ernst, Chouchou«, versucht er mich aufzumuntern. »Beim Thema Essen hat sie ihre festen Vorstellungen.«

»Hm«, murmele ich und greife in den Eimer voller Steinchen, mit denen wir den vereisten Gartenweg begehbar machen wollen.

»Sag, wie geht es Bo denn? Hat er viel Arbeit?«, erkundigt sich Grand-père.

»Ja, es ist eine Menge los bei uns.« Ich streue eine Handvoll Kies vor mich. »Du könntest ihn doch mal anrufen.«

Grand-père stellt den Eimer ab und sieht mich an, als hätte ich von ihm verlangt, zu einer Mars-Expedition aufzubrechen. »Dein Vater muss den ersten Schritt machen. Solange er das nicht tut, keine Chance. Lass uns über etwas anderes sprechen, Chouchou.«

Jetzt schwillt der Ärger in meinem Bauch so an, dass mir ganz schlecht wird. Ich klopfe meine Hände ab, um den letzten Kies davon zu lösen, und presse ein »Ich gehe dann mal« hervor. Dann stürme ich davon. Ich muss hier weg, bevor ich platze.

Wie ein Schnellboot jage ich über den Gehweg. Der Druck in meinem Hals wird nicht besser. Als ich vor unserer Haustür ankomme, beschließe ich, weiter zum Food Truck zu laufen. Bestimmt kann Paps meine Hilfe bei Ernie oder auf dem Skateplatz gebrauchen. Und wenn nicht, dann fahre ich eine Runde Schlittschuh oder mache etwas anderes, um ein bisschen Dampf abzulassen.

Nicks Worte aus dem blauen Buch kommen mir in den Sinn: *Schreien würde vielleicht helfen.*

Kurzerhand sehe ich nach links und rechts. Die Straße ist leer. Kein Mensch unterwegs. Vielleicht sollte ich einen kleinen Brüller wagen? Ich räuspere mich und ein tiefes Brummen fährt mir aus der Kehle. Es klingt eher nach einem Bären mit Mandelentzündung als nach Wutgebrüll. Weil außer einer alten Frau auf einem Zebrastreifen mehrere Meter vor mir niemand zu sehen ist, versuche ich es noch einmal. Ich öffne den Mund und fletsche die Zähne. Meine Augen werden schmal, sodass mein Gesicht genauso aussehen muss, wie sich mein Inneres anfühlt: Zitroneextrasauer-knautschig.

»Ahhhhhhr«, keuche ich. Und gleich noch mal mit mehr Kraft: »Aaaaahhhhhrrrrr!«

»Geht's dir gut, Kleines?« Eine faltige Hand streckt sich mir entgegen und ich schließe meinen Mund. Vor lauter Konzentration habe ich gar nicht bemerkt, dass die Oma vom Zebrasteifen zu mir aufgeschlossen hat.

Ich schlucke und nicke mit glühenden Wangen. »Ja, danke, nur ein Frosch im Hals.«

Ihre wässrigen Augen fixieren mich. Sie sehen so klug aus, als könnten sie auf den Grund meiner Seele blicken. Unsicher zupfe ich an meiner Mütze und will mich an der Frau vorbeischieben, da hält sie mich mit der Hand zurück. »Manchmal sollte man schreien, um den Frosch aus dem Hals zu vertreiben. Manchmal ist es aber besser, Ruhe zu bewahren und mit einem Lächeln zu handeln, Kindchen. Entschlossenheit bringt uns überallhin.«

»Äh, okay!?«, sage ich.

Sie tätschelt meine Schulter und setzt sich in Bewegung. Verdattert schaue ich ihr hinterher. Was war das denn? Langsam biege ich in die nächste Straße. Hatte diese Oma einen siebten Sinn?

Die seltsame Begegnung schwirrt mir immer noch durch den Kopf, als ich die Eisbahn erreiche. Noch haben sich nur wenige Besucher hierher verirrt. Paps wendet gerade Würstchen auf Ernies Grill und bedient eine Kundin. Ich drücke ihm einen Kuss auf die Wange und beschließe, ihm nichts von meiner Wut zu erzählen. Was soll das bringen, außer dass ich Öl ins Feuer gieße und die schlechte Stimmung zwischen Paps und meinen Großeltern noch verstärke?

Schnell mache ich mir einen Chai-Tea und schlendere mit der dampfenden Tasse in der Hand in Richtung Skateplatz. Gedankenverloren nippe ich am Tee. Die süße Flüssigkeit strömt in meinen Bauch und wickelt den Klumpen ein, der sich darin breitgemacht hat. Ich nehme noch einen Schluck und fühle mich endlich wieder leichter und ruhiger. Zumindest für einen Augenblick, denn dann entdecke ich die Silhouette eines Jungen an der Sprayerwand. Und diese Silhouette kommt mir bekannt vor.

»Nick?« Sofort setzt mein Puls aus.

Er dreht sich zu mir um. Seine Miene wirkt verkniffen. So wie meine es vorhin bei den misslungenen Schreiversuchen war.

»Oh, hey!« Er lässt die Farbdose in seiner Hand sinken und wirft einen hastigen Blick auf das Bild, das er gerade auf den Stein sprüht. Es zeigt die ersten Konturen eines Gesichtes. Noch fehlen Nase und Mund. Auch die Augen sind nur schemenhaft vorhanden.

»Was machst du hier?« Dass meine Frage blöd klingt, wird mir, noch während ich sie stelle, klar.

»Sprayen, was sonst!«, antwortet er und schüttelt mit der

Dose herum. Der verkniffene Ausdruck in seinem Gesicht lässt nach.

Ich schlendere näher zu ihm rüber. »Du bist gut!« Jetzt bin ich mir sicher, dass die Zeichnungen in dem blauen Buch von ihm sind. Der Stil ist derselbe.

»Das Bild ist noch nicht fertig.« Nick lehnt sich an einen Steinquader, den die Skater als Curb bezeichnen. Weil er völlig durchgefroren aussieht und auf meinen Chai Tea schielt, biete ich ihm davon an. Dankbar nimmt er meine Tasse und nippt daran. Ich starre auf seinen Mund. Ein Schauer durchfährt mich bei dem Gedanken, dass unsere Lippen dieselbe Stelle des Bechers berühren. Das ist fast ein Kuss. Ein Teetassenkuss. Schnell schüttele ich den Kopf, um die wenig hilfreichen Gedanken zu vertreiben. Sie jagen mir nur Hitze in die Wangen und lassen sie glühen wie das Gesicht eines dümmlichen Weihnachtsengels.

»Was ist?«, erkundigt sich Nick, als er mein Kopfschütteln bemerkt.

Hektisch suche ich nach einer Antwort. »Nein, das Graffiti ist echt noch nicht fertig«, sage ich, froh darüber, den Faden unseres vorigen Themas mit meinem Kopfschütteln verbinden zu können. »Mund und Nase fehlen noch komplett.«

»Ich überlege schon die ganze Zeit, wie ich sie machen soll.« Nick gibt mir die Tasse zurück, und ich starre auf die

Stelle, von der er getrunken hat. Seit wann verhalten sich meine Gedanken und Gefühle in seiner Nähe wie verrückt gewordene Hummeln? Die Frage ist überflüssig, weil ich das ziemlich genau weiß: Seit Nick mich in der Kammer im Arm gehalten und mir leise Worte ins Ohr gesäuselt hat. Verdammt!

»Wie ging es dir gestern noch?«, erkundigt er sich, als würde er ahnen, dass ich daran denken muss. »Nachdem du aus dem Keller verschwunden bist, habe ich dich nicht mehr gesehen.«

»Ich sollte Karla in der Küche helfen. Deshalb hatte ich es eilig. Danke, dass du mich so nett beruhigt hast bei meinem Anfall. Ich habe wohl ein bisschen überreagiert.«

»Kein Problem. Ich kann mir vorstellen, wie schlimm es damals in dem Aufzug gewesen sein muss.«

»So könntest du den Mund machen«, rufe ich, bemüht um einen schnellen Themenwechsel.

Weil Nick die Stirn runzelt und mich fragend ansieht, deute ich auf sein Graffiti. »Na, den Mund dort. Du könntest das Gesicht schief grinsen lassen. So wie du es gerade getan hast. Das sieht, ähm, nett aus.« Oh Mann, habe ich ihm gesagt, dass er süß lächelt? Schlagartig glüht mein Kopf noch mehr. Bestimmt strahle ich ausnahmsweise mal so LED-intensiv wie Annika.

Ihr Besuch heute Morgen kommt mir in den Sinn. Ob ich

Nick davon erzählen soll? Ratlos kippe ich den Rest meines Tees runter.

»Danke für das Kompliment«, meint Nick und versucht sich ein Grinsen zu verkneifen. »Allerdings dachte ich eher an irgendwas Verzogenes. So in Richtung *Der Schrei* von Edvard Munch.«

Weil dieses Mal ich es bin, die auf dem Schlauch steht, zeigt er mir das Bild in seinem Smartphone. Die Figur unter dem in breiten Wellen gemalten Himmel presst die Hände gegen ihren Kopf und hat Mund und Augen aufgerissen.

Entschlossen schüttelt Nick die Dose in seiner Hand, geht zur Wand und beginnt zu sprühen. Lackgeruch steigt mir in die Nase. Die untere Gesichtshälfte seiner Figur nimmt mehr und mehr Kontur an und tatsächlich formt Nick einen aufgerissenen Mund. Die Hände lässt er weg. Auch die Augen werden anders. Eher klein und verkniffen.

»Was für eine wütende Miene«, murmele ich eher zu mir als zu Nick, weil ich ihn nicht aus seiner Konzentration reißen möchte.

Er hört mich trotzdem. »Jemand hat mir neulich gesagt«, erwidert er ebenso leise wie ich, »dass manche Dinge rausmüssen, bevor man platzt. Ein Graffiti ist ein gutes Ventil für mich.«

Erschrocken starre ich ihn an. Ob er ahnt, dass ich die heimliche Buchschreiberin bin? Hm, sein Kommentar wirkt nicht wie ein unterschwelliger Hinweis, denn schon widmet sich Nick wieder seiner Arbeit.

Ich schaue ihm zu, wie er mit dunkleren Farben Schatten erzeugt und so mehr Tiefe in die Gesichtszüge bringt. Der aufgerissene Mund seiner Figur lässt mich an meinen komischen Schreiversuch vorhin denken. Leider hat er mir überhaupt nicht geholfen.

Eine weitere Frage liegt mir auf der Zunge. Ich bin mir aber nicht sicher, ob ich sie stellen soll. Vielleicht trete ich Nick zu nahe, wenn ich weiterbohre. »Auf wen bist du eigentlich wütend, und wieso?«, stelle ich sie dennoch.

Nick räuspert sich. »Auf meine Mutter.« Er schweigt, und gerade als ich denke, dass er mir nicht mehr erzählen wird, tut er es doch. »Ich möchte später auf die Kunstakademie gehen. Sie ist dagegen.«

»Aber du bist doch total begabt.«

Nun lacht er bitter. »Danke! Meine Mutter ist der Meinung, das sei nichts Handfestes. Sie sieht mich eher im Restaurantmanagement.«

»Oh.« Endlich verstehe ich, was für Schwierigkeiten Nick und Emilia miteinander haben.

»Natürlich ist mir klar, dass sie mich zu nichts zwingen kann«, fährt Nick fort. »Wenn ich Kunst machen will, mache ich Kunst. Aber es nervt gewaltig, dass sie das, was mir wichtig ist, nicht ernst nimmt.«

»Das kommt mir bekannt vor«, sage ich und seufze. »Mein Paps hat früher für meine Großeltern gearbeitet, dann aber irgendwann sein eigenes Ding gemacht. Es gab Streit. Seither herrscht Eiszeit.«

»Und du sitzt zwischen den Stühlen?«

»Jep. Das ist echt frustrierend.«

Nick sieht mich einen Moment lang durchdringend an. Ich kann seinen Blick nicht zuordnen und zeige auf eine alte Schneekönigin von Paps, die am Rand einer Minirampe vor sich hin tropft. Irgendjemand hat ihr einen glitzernden Schal umgehängt. »Das Ventil meines Vaters sind seine schrägen Aktionen.«

»Absolut glamourös-pompös«, befindet Nick lachend und auch ich gluckse los.

»Und was ist dein Ventil?«, will er schließlich wissen. Darüber muss ich nicht lange nachdenken. »Ernie! Unser Food Truck ist der erste Ort, an dem ich sein will, wenn es mir nicht gut geht. Er hat selten schlechte Laune, hört immer zu und bei ihm kriege ich den besten Chai Tea Latte der Welt.«

Kurzerhand zieht Nick eine weitere Farbdose aus seinem Rucksack und hält sie mir hin. »Mach mit! Das hilft.«

»Ich hab noch nie gesprayt.«

»Dann wird es Zeit.«

Widerwillig nehme ich die Dose entgegen. Mein Bild

wird sicher schief und krumm. Aber spätestens in drei Tagen wird es ohnehin übermalt sein. Die Graffiti hier bleiben nie lange, wie sie sind. Also beschließe ich, es auch mit einem Gesicht zu versuchen. Wen interessieren schon die richtigen Proportionen?

»Euer Truck hat ernsthaft einen Namen?«, erkundigt sich Nick, während er klackernd eine neue Dose schüttelt und den Deckel entfernt.

Ich nicke. »Ernie gehört zur Familie.«

»Wie süß!«

Gespielt empört stemme ich die Hände in die Seiten. »Ich hoffe, das ist nicht als Beleidigung gemeint. Ernie ist da sehr empfindlich.«

»Auf keinen Fall.« Nick macht eine beschwichtigende Geste und fährt dann grinsend mit dem Sprayen fort. »Los, mach mit. Nimm den Deckel ab, halte ein bisschen Abstand und atme den Dampf nicht direkt ein.«

»Okay.« Kurz überlege ich noch, wo und wie ich mit meinem Wandgesicht anfange. Dann lege ich einfach los, lasse mich von Nick mitreißen, der sich voll und ganz auf sein Kunstwerk konzentriert. Das Klappern der Skater hinter mir auf dem Platz tritt genauso in den Hintergrund wie die dumpfe Hip-Hop-Musik, die einer von ihnen angeschaltet hat. Auch den auffrischenden Wind, der uns um die Ohren pfeift, nehme ich plötzlich kaum mehr wahr. Ich rieche den Farblack, höre das Zischen und Klappern unserer Dosen und vergesse all die komischen und ärgerlichen Begegnungen heute. Jetzt bin ich vollkommen bei dem Bild, das wir zusammen entstehen lassen. Was nach einer Weile dabei herauskommt, ist wunderschön. Ohne dass ich darüber nachgedacht habe, ist neben Nicks wütendem Gesicht eines mit einem sanft lächelnden Mund und geschlossenen Augen entstanden. Die zwei Gesichter wirken wie unzertrennliche Yin-Yan-Gegensätze. Zwei Seiten einer Medaille, die zusammen ein Ganzes bilden. Ich weiß nicht, wieso ich einen derart ruhigen Ausdruck hingekriegt habe, wo ich vorhin noch so viel Groll in mir hatte. Vielleicht haben die Worte der alten Frau nachgewirkt, dass man nicht zu verkniffen sein sollte.

Nick umrahmt unsere Gesichter mit wirren bunten Strichen, wodurch sie noch mehr wie eine Einheit wirken. Und während ich ihm dabei zusehe, fälle ich eine Entscheidung in Bezug auf meinen Paps und meine Großeltern: Ich werde endlich handeln! Für sie und für mich!

»Wenn wir uns damit bewerben, nehmen sie uns bestimmt beide an der Kunstakademie«, sagt Nick. Er macht ein Foto mit seinem Phone.

»Oh nein, jetzt gibt es auch noch einen Beweis.« Ich werfe übertrieben die Hände in die Luft. »Ich kann doch keine Künstlerin werden.«

»Geht nicht gibt's nicht«, zitiert Nick Mister Glamourös-Pompös, und wir brechen beide in ein dermaßen befreiendes Gelächter aus, dass ich nie wieder damit aufhören will.

KAPITEL 14

Endlich Feierabend. Ich setze mich an die Theke und lasse mir von Cedrick einen Milchshake reichen. Genüsslich sauge ich an dem Glasröhrchen. Ich kann nicht fassen, dass heute Freitag und somit der letzte Tag meines Praktikums ist. Die beiden Wochen vergingen so schnell wie ein Wimpernschlag. In drei Tagen ist schon Weihnachten. Zum Glück bin ich danach wegen der Party auch wieder hier.

Bestimmt werde ich im nächsten Jahr Dauergast an der Theke, falls Cedrick mir einen Freundschaftspreis für die Shakes macht. Sonst ist mein Taschengeld nämlich spätestens zur Monatsmitte aufgebraucht.

Emilia kommt zu uns. Sie beendet gerade ein Telefongespräch und legt seufzend auf. Dann ordert sie bei Cedrick einen dreifachen Espresso.

»So schlimm?«, erkundigt er sich.

»Herr Mollinedo macht mich wahnsinnig«, gibt sie zu. »Er wünscht sich auf der Terrasse noch weitere Highlights.«

Sie schnappt sich den Espresso, den Cedrick ihr reicht, und kippt ihn in einem Schwung hinunter.

»Vielleicht ein Feuerwerk?«, überlegt Cedrick.

Emilia nickt. »Daran habe ich auch gedacht.«

»Oder auch diese Himmelslaternen aus Papier, die man anzündet und fliegen lässt. Sie sehen aus wie kleine Heißluftballone«, melde ich mich zu Wort. Ich habe sie mal in einem Film gesehen. Es sah wunderschön aus, wie sie in den Himmel geflogen sind und ihr Licht dorthin getupft haben.

»Eine gute Idee, Luzie. Solche Laternen waren eine Weile in Verruf, weil sie immer wieder abbrannten. Aber soweit ich weiß, gibt es mittlerweile sichere und kleinere Versionen.« Emilia klopft mir auf die Schulter. »Wenn du so weitermachst, kriegst du hier eine Festanstellung.«

Wir lächeln uns an, dann wird sie wieder ernst. »Falls euch noch andere Dinge einfallen, gebt mir bitte Bescheid.« Sie greift sich eine Wasserflasche und stapft die Treppe nach oben.

»Ich möchte nicht mit ihr tauschen«, raunt Cedrick mir zu. »Geschäftspartner wie dieser Mollinedo sind wie Stechmücken. Unglaublich nervige Blutsauger.«

»Aber das Event ist eine super Werbung für den Laden«, gebe ich zu bedenken. »Wahrscheinlich pilgern bald die Fans hierher, um zu sehen, wo Joelle ihren Freund überrascht hat.«

»Warten wir's ab. Aber jetzt trink deinen Shake aus,

Luzie-Flöckchen, bevor er warm wird und der Schaum sich legt.«

Natürlich gehorche ich und lasse den süßen Milchschaum auf meiner Zunge zergehen. Ich schmecke Zimt und Vanille. Vielleicht ein bisschen Ingwer und irgendwelche anderen Gewürze, die ich nicht benennen kann. »Das ist so was von lecker, dass ich am liebsten drin baden würde«, stöhne ich.

»Du meinst, wie Kleopatra in ihrer Ziegenmilch?«

»Ja, genau. Aber wer braucht schon Ziegenmilch, wenn er das hier haben kann?«

Grinsend trocknet Cedrick sich die Hände an einem Lappen ab. Dann schüttet er den Inhalt einiger Flaschen in einen Mixer. »Der Spicy Vanilla-Chai-Shake ist mein Favorit. Ein eigenes Rezept.«

»Darf ich es haben? Bitte, bitte, bitte«, bettele ich so lange, bis er mich eine Nervensäge nennt, einen Zettel schnappt und die Zutaten notiert. »Mein Geheimtipp ist eine Prise Cayennepfeffer«, verrät er.

»Ich werd's mir merken. Danke!« Wieder nehme ich einen großen Schluck. Dann lasse ich meinen Blick ein wenig schweifen. Das alles hier wird mir fehlen. Cedrick, die vielen Überraschungen, die täglich auf mich warten, Karla aus der Küche und natürlich ganz besonders eine Person. Mit rauchgrauen Augen. In diesem Moment kommt Nick die Treppe runter. Meine Mundwinkel heben sich ganz von allein. Bevor er im Keller verschwindet, erwidert er mein Lächeln. Ich starre ihm verträumt hinterher.

Nach unserem Treffen an der Sprayerwand vor zwei Tagen haben wir uns nicht mehr gesehen. Gestern fanden im Roll-In zwei Firmen-Weihnachtsfeiern statt. Es war so viel los, dass ich die ganze Zeit in der Küche feststeckte und kaum jemand anderen wahrgenommen habe als Ludovico, dem ich bei den Süßspeisen helfen durfte. Dafür haben wir im Buch aber eine neue Nachricht ausgetauscht.

Ich habe gebrüllt, hat Nick geschrieben. *Es tat gut. Willst du mir nicht endlich verraten, wer du bist?*

Nach meiner Schicht habe ich geantwortet: *Ich habe es auch versucht mit dem Brüllen. Hat nicht wirklich geklappt. Ich versuche es jetzt anders.*

Zu seiner erneuten Frage nach meiner Identität habe ich geschwiegen und das Büchlein wieder unter den Stuhl gelegt.

»Erde an Luzie, huhu.« Cedrick fuchtelt mit den Fingern vor meiner Nase herum, und ich rucke zurück, sodass ich fast vom Stuhl kippe.

»Was?«

Er deutet auf die volle Shake-Kanne in seiner Hand. »Ich wollte wissen, ob ich dich mit einem Chai-Shake-Nachschub glücklich machen kann. Aber offenbar bist du es schon.«

Schmunzelnd bückt er sich unter die Theke und angelt eine Kelle Eiswürfel aus dem kleinen Kühlfach, um sie in ein Glas zu schütten. »Er ist nicht leicht zu kriegen, weißt du? Aber du scheinst eine Chance bei ihm zu haben. Das freut mich für dich. Er ist ein guter Typ.«

»Wer?«, frage ich scheinheilig.

Cedrick schaut mich an, als wollte ich ihn veräppeln. In der kurzen Zeit, die wir uns kennen, kann er mich schon wirklich gut einschätzen. Oder aber es ist allzu offensichtlich, dass ich in Nicks Gegenwart Herzchen sehe. Oh Mann, hoffentlich nicht!

»Meinst du echt, dass ich eine Chance hätte? Also, rein theoretisch?«, frage ich schließlich. Er hat mich sowieso durchschaut. Da brauche ich ihm auch nichts vorzumachen.

»Jep! Ich kenne Nick schon eine Weile, und glaub mir, er sieht nicht jedes Mädchen so an wie dich.«

Eilig versuche ich, meinen glühenden Kopf in den Griff zu kriegen. Wahrscheinlich sehe ich aus wie eine überreife Tomate. Als Nick mit einem Werkzeugkasten aus dem Keller tritt und zu uns kommt, würde ich mir am liebsten ein paar Eiswürfel von Cedrick schnappen und sie mir an die Wange halten.

»Ich soll mich um das kaputte Rohr kümmern«, meint Nick und schiebt sich hinter die Theke, um sich von Cedrick das Problem zeigen zu lassen. Offenbar ist der Zufluss zur

Eiswürfelmaschine defekt. Und die ist hier im Dauereinsatz, also muss sie einwandfrei funktionieren.

Fachkundig schnappt Nick sich eine Zange, schaltet das Licht seines Smartphones an und klettert so weit wie möglich in den Unterschrank. Ich starre auf seinen Hintern und fange noch mehr an zu glühen. Besonders, als Cedrick mich dabei ertappt und mir amüsiert zuzwinkert.

Annikas glockenhelles Lachen weht zu uns rüber, und ich drehe mich um, wie so ziemlich jeder andere im Raum. Sie tritt gerade durch die Eingangstür. Mal wieder sieht sie aus wie die frische Morgenröte mit ihren glänzenden Haaren und den strahlenden Augen. Im Schlepptau hat sie einen gut aussehenden Typen, Marke Basketballspieler. Groß und sportlich. Er schlängelt sich mit ihr zu einem Tisch und schiebt ihr gentlemanlike den Stuhl hin. Dann nimmt er ihr die Jacke ab und legt sie über die Lehne. Als Nick hinter der Theke auftaucht, weil er einen anderen Schraubenschlüssel sucht, winkt Annika ihm zu. Ich bemerke den Blick zwischen den beiden. Sie sehen sich vielsagend an. Als würden sie stumme Worte miteinander wechseln, die niemand außer ihnen versteht. Unsicher rutsche ich auf meinem Barhocker herum. Ist da doch noch mehr zwischen den beiden? Aber wieso trifft sich Annika dann mit einem anderen Jungen? Versucht sie Nick etwa eifersüchtig zu machen?

Endlich reißt Nick seinen Blick los und klettert erneut unter die Eiswürfelmaschine.

»Das Rohr braucht eine neue Dichtung«, sagt er mit dumpfer Stimme. »Kannst du mir mal die Packung mit den Ringen geben, Cedrick?«

»Luzie, machst du das? Ich kann gerade nicht«, bittet er mich, weil er an der Kaffeemaschine gerade eine Riesenbestellung abarbeitet.

»Klar.« Ich schnappe mir die Dichtungsringe, gehe hinter die Theke und reiche sie Nick. Unsere Finger berühren sich. Mich durchzuckt ein Stromschlag, den ich von Kuhzäunen auf Waldwiesen kenne. Schnell reibe ich mir über die kribbelnden Finger. Oh Mann, ich bin echt hoffnungslos verloren.

»Brauchst du noch was?« Meine Stimme klingt belegt. Ich räuspere mich, damit Nick nicht merkt, was für eine komische Wirkung er auf mich hat.

»Ja, vielleicht einen Eimer, weil es gleich noch mehr tropfen wird hier unten.«

Ich eile in den Keller zu den Putzsachen. Gleich darauf schiebe ich den Eimer zu Nick hinunter. Er keucht, weil das Rohr sich gegen seine Kurbelversuche wehrt. Ich beuge mich vor, lasse mich auf die Knie runter und justiere den Eimer unter die Stelle im Rohr, die Nick öffnen möchte. Es tropft mittlerweile etwas stärker als vorhin.

»Das Scheißteil klemmt«, knurrt Nick. Er stemmt sich auf den Ellenbogen. Dabei schlägt er sich den Kopf am Auffangbehälter der Eiswürfelmaschine an und ruckt zur Seite. Plötzlich sind wir uns ganz nahe. Rauchgraue Augen fixieren mich. Sie heften sich auf meinen Mund. Will er mich etwa küssen? Ich halte die Luft an. Blinzele. Sein Atem haucht über meine Wange. Das Blut rauscht mir in den Ohren, sodass sämtliche Hintergrundgeräusche verschwinden. Wie von selbst schiebt sich mein Kopf näher an Nick heran. Der Moment ist so intensiv, dass er sich länger anfühlt als die Sekundenbruchteile, die er eigentlich dauert. Es ist, als würde die Welt um uns herum stillstehen. Als würde sie verwischen wie der Hintergrund auf einem Handyfoto, den man nachbearbeitet, um das Wichtige im Zentrum hervorzuheben. Aus weiter Ferne höre ich ein metallisches Knarzen, gefolgt von einem Plopp. Im nächsten Augenblick spritzt uns Wasser entgegen, das in einer Fontäne in den Eimer hineinplatscht. Verwirrt blicken wir uns um. Die Manschette am Rohr hat nachgegeben und ist abgefallen. Das Rohr klafft auseinander. Die unerwartete Gesichtsdusche zwingt Nick und mich zum Handeln. Ich schnappe mir den Eimer und halte ihn höher, damit kein Wasser auf den Boden läuft. Nick stülpt derweil den Dichtungsring über das Rohr, schiebt es zusammen und schraubt es mit der Zange zu.

Als kein Tröpfchen Wasser mehr rauskommt, sehen wir uns wieder an und brechen in Gelächter aus, auch wenn mir eigentlich gar nicht danach zumute ist. Gerne hätte ich den Moment noch etwas länger ausgekostet.

»Ich habe mich auf eine Dusche nach Feierabend gefreut«, gluckse ich und wische mir über die Stirn.

»Deshalb habe ich dafür gesorgt, dass du eine bekommst«, antwortet er schlagfertig. Wassertropfen perlen über sein Gesicht. Er krabbelt rückwärts raus und bietet mir seine Hand an, um mir hochzuhelfen.

»Na, ihr habt ja Spaß, während ich mich hier oben abrackere«, stichelt Cedrick und reicht uns ein Geschirrtuch.

Nick und ich rangeln darum, weil jeder es so schnell wie möglich haben will. Schließlich überlässt er es mir zuerst. Während ich mein Gesicht abtrockne, bildet sich zwischen seinen Augen eine steile Falte. Er sieht zu Annika und ihrem Date rüber. Und was er sieht, scheint ihm nicht zu gefallen.

Auch ich spähe über die Theke. Annika lächelt verkniffen. Der Typ flüstert ihr etwas ins Ohr. Sie antwortet ihm, woraufhin er sich zurücklehnt und seine Hand auf ihren Oberschenkel legt. Nun knubbelt sie an dem Teelicht auf ihrem Tisch herum und wirft Nick einen verstohlenen Blick zu. Der knirscht neben mir mit den Zähnen. Unschlüssig sieht er mich an, wendet sich dann ab und läuft los.

»Hey, das ist meine Freundin.« Er baut sich vor dem

Typen auf. Seine Stimme ist so laut, dass man sie bis zur Theke hören kann.

Annikas Date macht ein erstauntes Gesicht. »Was soll das denn? Wir sind zusammen hier!«

Annika schweigt und Nick macht sich noch größer. »Lass gefälligst deine Finger von ihr und verschwinde!«

Ich schlucke. Das darf doch nicht wahr sein. Jetzt verstehe ich ihren wortlosen Austausch vorhin. Nick war irritiert, als er Annika mit dem Typen gesehen hat. Sie wollte ihn eifersüchtig machen. Und sie hat es geschafft. Mein Mund fühlt sich auf einmal staubtrocken an.

Murrend steht der Typ auf und schnappt sich seine Jacke. Dann verschwindet er aus dem Roll-In. Annika streicht Nick eine noch feuchte Haarsträhne aus dem Gesicht. Sie lächelt und sagt etwas zu ihm, das ich nicht verstehen kann. Aber ich muss auch nichts verstehen. Was ich sehe, ist allzu offensichtlich.

»Das überrascht mich jetzt«, murmelt Cedrick neben mir, bevor er sich den Kreidestift schnappt, um draußen neue Angebote an die Tafel zu schreiben.

Mich auch. Mein Sahara-Mund verhindert, dass ich einen Ton rauskriege. Ich fahre mir mit der Zunge über meine Lippen. Gerade wollte ich Nick noch küssen. Und er mich. Oder habe ich mir das etwa nur eingebildet? Wunschdenken? Emotionale Fata Morgana? Ganz offensichtlich war es eine Fehleinschätzung, dass er mehr von mir will. Annika war extra bei mir, um mir klarzumachen, dass ich die Finger von ihm lassen soll. Aber ich habe nichts kapiert. Oh Mann, ich bin so eine Idiotin!

Stumm gehe ich um die Theke herum und nehme meine Sachen. Ich muss hier raus. Weg von dem perfekten Liebespaar, das sich so nah ist, dass nicht mal ein hauchdünnes Blatt Papier dazwischenpasst. Geschweige denn jemand wie ich.

Ich eile zur Tür.

»Gehst du schon?«, fragt Nick, der ein paar Schritte von Annika weg und auf mich zu macht.

»Ja, ich muss los.«

»Warte doch mal, ich ...«

Ohne das Ende des Satzes abzuwarten, trete ich nach draußen. Die Eisflocken treffen mein Gesicht wie kleine Pfeile, und der eisige Wind peitscht mir so heftig entgegen, dass mir der Atem stockt. Schnell ziehe ich meine Mütze über und stapfe los. Gestern hat es geschneit, aber von dem frischen Pulverschnee, der so herrlich unter den Füßen knarzt, ist nichts mehr übrig geblieben. Das Weiß hat sich in ein matschiges Grau verwandelt. Bei jedem Schritt muss man aufpassen, dass man nicht auf der Nase landet.

»Hey, soll ich dich gleich heimfahren?«, ruft Cedrick mir hinterher. Er steht mit dem Stift an der Tafel und sieht mitleidig zu mir rüber. Ich habe bereits die andere Straßenseite erreicht.

»Nein danke, ich laufe lieber.«

»Okay, dann frohe Weihnachten, Luzie-Flöckchen.«

»Frohe Weihnachten«, murmele ich. Das Banner über dem Eingang wirkt wie ein höhnisches Lachen: *Come in and feel special*. Pah! Ich fühle mich allenfalls *besonders mies*.

Zwischen den Eisregentropfen auf meinem Gesicht bahnen sich zwei warme Rinnsale ihren Weg hinunter in Richtung Kinn. Eins davon erreicht meine Lippen und hinterlässt einen salzigen Geschmack darauf. Wütend streiche ich mir über die Augen und stapfe weiter in die Dunkelheit.

KAPITEL 15

»Hier ist Popcorn für euch, wenn ihr wollt?« Meine Mutter lugt zur Tür herein. Sie weiß nicht, dass ich Liebeskummer habe, merkt aber natürlich, dass etwas los ist. Heute ist der erste Weihnachtsfeiertag. Meine Eltern haben mir gestern Schlittschuhe geschenkt. Schneeweiß mit einem kleinen Bildchen an der Innenseite. Es ist ein Food-Truck. Er sieht genauso aus wie Ernie. Paps hat ihn von einem der Sprayer machen lassen, der ein Tattoo-Studio besitzt und wahnsinnig gut im Zeichnen ist. Ich war zwar gerührt, aber auch ein wenig traurig. Die Schlittschuhe haben mich an Annika erinnert und somit auch an Nick. Meine Eltern haben sofort geschnallt, dass in meinen feuchten Augen nicht nur Freudentränen glitzerten. Dennoch waren sie so taktvoll, nicht nachzubohren.

»Danke schön!« Liam nimmt die Popcornschale entgegen. Dann setzt er sich zu mir aufs Bett und stopft sich eine Handvoll in den Mund. »Ich finde wirklich, Nick ist ein Arsch!«, meint er, als Mama verschwunden ist. Gleich am Freitag habe ich ihn angerufen und ihm alles erzählt.

Leider fuhr er da gerade über das Wochenende mit seinen Eltern zum Vorab-Weihnachtsbesuch bei seiner Tante. Deshalb konnten wir uns erst heute sehen.

»Am liebsten würde ich Nick den Löwen im Zoo zum Fraß vorwerfen«, knurrt er und beißt so grimmig in ein Popcornstück, dass ich eine Millisekunde lang grinsen muss.

»Findest du das nicht etwas übertrieben?«

»Ich kann ihn auch zu den Pavianen stecken, wenn es dir lieber ist. Die fressen ihn nicht auf, sondern vermöbeln ihn nur. Bei den Reptilien gibt es außerdem eine Pythonschlange. Die könnte ihn erwürgen. Das würde mir auch gefallen.«

Nun muss ich doch schmunzeln. »Du kannst echt brutal sein.« Ich kuschele mich an seine Schulter und bin froh, dass er hier ist.

»Wenn es um dich und deine verletzten Gefühle geht, dann immer.« Er drückt mir einen Kuss auf den Kopf und ich seufze.

»Im Grunde hat Nick nichts Schlimmes getan.« Das nagt am meisten an mir. Wenn man ehrlich ist, ging es zwischen uns nie über ein bisschen Flirterei hinaus. Nick hat mir keine falschen Hoffnungen gemacht, wir hatten kein Date, es gab keinen Kuss. Ich habe mir etwas eingebildet, mich in den Gedanken verrannt, dass da mehr ist. Und genau deshalb bin ich sauer. Auf mich selbst. Eigentlich wollte ich mich nie für Nick interessieren. Als hätte ich von Anfang an gespürt, dass das nur Ärger bringt. Blöderweise haben meine Gefühle nicht auf meinen Kopf gehört, sondern gemacht, was sie wollten. Und jetzt tun sie weh, als hätte jemand auf ihnen rumgetrampelt. Mit spitzen Schnee-Spikes aus Metall.

»Du kannst froh sein, dass du endlich Bescheid weißt und dich nicht noch mehr in ihn verknallst«, sagt Liam und stellt die Popcornschale weg. »Was willst du denn von einem Typen, der nicht frei ist?«

Er hat recht. Verdammt recht. Ich nicke und muss aufpassen, dass ich nicht wieder anfange zu weinen. »Blöder Mist!« Meine Stimme klingt jämmerlich. Ich fühle mich genauso.

»Oberblöder Mist«, bestätigt Liam. »Wenn es ein geheimes Rezept für die Liebe gäbe, würde ich es dir geben. Natürlich erst, nachdem ich es selbst probiert hätte.« Er drückt mir noch einen Kuss auf den Kopf und angelt sein Smartphone vom Tisch. »Apropos Essen: Ich bestelle uns was beim Asiaten. Deine Eltern wollten doch ins Kino, oder?«

Ich nicke.

»Gut, dann suchen wir uns auch einen Film aus. Vielleicht einen Marvel-Blockbuster?«

Obwohl ich auf nichts so richtig Lust habe, stimme ich

zu. Vielleicht höre ich dann endlich auf, mich weiter in meinem Gefühlssumpf zu suhlen.

Kurz darauf sitzen wir zwischen Schachteln mit Nudeln, Gemüse, Fleisch und süßsauren Soßen in meinem Zimmer auf den Boden. Liam hat so viel bestellt, dass es für eine Großfamilie reicht. Er hält mir einen der beiden Glückskekse hin, die in den Tüten waren. Während er seinen aufknackt, drehe ich meinen nachdenklich in den Händen. Fernöstliche Weisheiten haben mir gerade noch gefehlt. In letzter Zeit verfolgen mich komische Sprüche sowieso schon. Sie schwirren um mich herum wie Motten um eine Straßenlaterne. Eine demolierte, elend flackernde Straßenlaterne! Ich schüttele den Kopf, um das deprimierende Bild wegzuwischen. Liam gibt sich so viel Mühe, mich aufzuheitern. Also öffne ich meinen Keks. Ich fahre mit dem Finger über die klitzekleine Schrift: »Du solltest viel öfter einen MUTausbruch haben«, steht da.

Neugierig rückt Liam näher und schnappt sich meinen Zettel. »Hm«, macht er und liest mir dann seinen vor: »Sei frech, wild und wunderbar.« Grinsend fährt er sich durch seine gegelten Haare. »Das bin ich doch schon, oder?«

»Absolut,« bestätige ich und dieses Mal drücke ich ihm einen Kuss auf die Schläfe. »Vor allem bist du wunderbar!«

»Du auch!«

Während der Film läuft, kann ich mich nur schwer auf die Superhelden konzentrieren, die mehr oder weniger erfolgreich versuchen, die Welt zu retten. Ständig schweifen meine Gedanken ab. Zuerst sind sie bei Nick und seinen rauchgrauen Augen, die ich wahrscheinlich nicht so schnell aus meinem Kopf kriegen werde. Dann landen sie bei der Begegnung mit der alten Frau neulich auf der Straße. Sie meinte, man sollte entschlossen handeln, weil man dadurch überallhin käme. Vielleicht hatte sie recht. Mein Liebesleben ist zwar eine Sackgasse, aber womöglich sollte ich bei anderen Dingen einen MUTausbruch riskieren und etwas bewegen. Neulich beim Sprayen mit Nick habe ich entschieden, die Mauer zwischen meinen Großeltern und meinem Paps einzureißen. Die Entschlossenheit, die ich dabei gespürt habe, taucht nun wieder auf. Mit einem Mal fühle ich sie so stark, als wäre sie ein unsichtbarer Freund. Ein großer, mächtiger Freund, der seine Arme um mich legt und keinen Platz für jämmerlichen Liebeskummer lässt.

Energisch futtere ich die Shrimp-Chips auf und überlege, wie ich meinen Plan umsetzen kann.

»Ich glaube, ich organisiere ein Blind Date«, beschließe ich irgendwann. Auf dem Bildschirm wirft sich der Superheld gerade in seine finale Schlacht.

»Hä?« Liam drückt die Stopp-Taste. Eindringlich sieht er mich an.

Ich setze mich auf und puhle eine verirrte Glasnudel von meiner Decke. »Eigentlich wird es eher ein Blind Date der anderen Art. Und die Chancen, dass es schiefgeht, sind ziemlich hoch.«

»Aha.« Liam schnappt sich die Nudel in meiner Hand und steckt sie sich in den Mund. »Ich verstehe kein Wort«, schmatzt er.

»Wir müssen Cedrick dafür anrufen.« Als ich das Glitzern bemerke, das sich in seinen Augen abzeichnet, lächle ich. »Du magst ihn, oder?«

Liam schluckt die Nudel runter und nickt. »Ja, tue ich, aber darum geht es jetzt nicht. Also erzähl mir alles!«

KAPITEL 16

Zwei Tage später geht es los. Heute ist der 27. Dezember und somit der Tag vor der Party.

»Toll, dass du das organisiert hast.« Paps steuert das Auto in Richtung Roll-In. Der Anhänger rumpelt hinter uns her. Immer wieder wirft Paps einen aufgeregten Blick in den Frontspiegel, um zu checken, ob alles hält. Wir haben die Eisfiguren so fest mit Gurten verschnürt, dass sie an umhüllte Mumien erinnern. Mama hat dabei geholfen. Während wir weg sind, kümmert sie sich um die Eisbahn und Ernie.

»Meine Skulpturen auf einer Promi-Party«, murmelt Paps und schüttelt den Kopf. »Wer hätte das gedacht.«

Ich bin selbst überrascht, wie begeistert Emilia von meiner Idee war. Eigentlich hat Nick mich draufgebracht, als er Paps' schmelzende Schneekönigin mit dem Glitzerschal neulich als glamourös-pompös bezeichnet hat. Beim Gedanken an ihn pikst es in meinem Inneren, als hätte ich einen Kaktus verschluckt. Ich muss mich zusammenreißen. Jetzt geht es um etwas anderes als mein verkorkstes, nicht existentes Liebesleben. Das hier ist wichtiger. Mit dieser Aktion für Paps schlage ich drei Fliegen mit einer Klappe. Emilia bekommt für die Party ein weiteres Highlight auf der Terrasse. Paps kann seine Figuren ausstellen, damit noch mehr Leute sie sehen. Und ich locke ihn zum Blind Date ins Roll-In. Entschlossen schiebe ich meine Jammertalgefühle beiseite und konzentriere mich auf das, was vor mir liegt.

Liam sitzt neben mir im Auto und drückt meine Schulter. Ich habe ihn als Unterstützung mitgenommen. Er ist mein Fels in der Brandung, sozusagen.

Vor dem Roll-In halten wir an. Cedrick schaut durch die blank polierten Fenster zu uns raus und winkt. Liam und ich heben die Hand.

Wir steigen aus und wickeln die Eismumien aus den Decken. Da kommt auch schon Emilia zu uns.

»Hallo, wie schön!« Mit dem für sie typisch geschäftigen Lächeln gibt sie Paps die Hand und sieht sich dann mit ihm die Skulpturen an. Sie kennt Paps' Arbeiten nur von den Fotos, die ich ihr geschickt habe.

Ganz vorne steht Pan. Natürlich ist es nicht derselbe, den Paps neulich vor die Schlittschuhbahn gestellt hat. Der ist mittlerweile als Pfütze im Boden versickert. Es ist schade, dass das Eisschnitzen eine so vergängliche Kunst ist. Paps scheint das aber egal zu sein. Er ist unermüdlich. Wenn eine seiner Figuren sich in Wasser auflöst, macht er im Nu eine neue. Ab irgendeinem Moment waren die Skulpturen nicht mehr nur Übungsobjekte für den Wettbewerb in drei Tagen. »Das ist wie eine Entspannungsübung«, hat Paps mir erklärt, als ich gestern kopfschüttelnd beim Schnitzen seiner gefühlt neunhundertfünfzigsten Eiskönigin zugeschaut habe. »Andere Leute machen Yoga und komische Atemübungen, ich schnappe mir Meißel, Spaten und Hackmesser und tauche ab.«

Nach dieser nüchternen Erklärung musste ich so sehr lachen, dass ich hinterrücks in den Schnee geplumpst bin. Das tat gut, denn gestern war ich den ganzen Tag angespannt wie eine Gitarrensaite. Weil ich meinen heutigen MUTausbruch vorbereitet habe.

Nun schlägt mir das Herz bis zum Hals und meine Hände kribbeln vor Nervosität so sehr, dass ich sie kaum mehr bewegen kann.

»Dieser Pan ist wirklich gelungen«, schwärmt Emilia und nimmt auch die drei anderen Eisfiguren ins Visier.

Nachdem ich ihr ein paar Bilder geschickt habe, hat sie kurzerhand vier Stück bestellt. Alle sollen etwas mit Musik, Tanz, Fröhlichkeit und Liebe zu tun haben, weil das zum Motto der bevorstehenden Party passt. Zum Glück hatte Paps bereits einen neuen Pan und eine angefangene Eiskönigin, aus der er prompt Aphrodite, die Göttin der Liebe, machte. Dann schnitzte er ihren Sohn Amor mit Pfeil und Bogen. Er ist halb so groß wie Pan, hat Flügelchen und lehnt an einem dichten Busch, den Paps so wundervoll detailliert herausgearbeitet hat, dass man sogar die Struktur der kleinen Blätter erkennen kann. Schließlich gibt es noch ein hüfthohes verschnörkeltes Herz. Bei seinen ersten Schnitzversuchen vor ein paar Wochen hätte ich nicht gedacht, dass Paps dermaßen professionell werden würde.

»Wirklich wunderschön«, befindet Emilia und zeigt auf den weitläufigen Terrassenbereich neben dem Eingang, wo die Skulpturen aufgereiht werden sollen. Überaus vorsichtig und mit vereinten Kräften tragen wir sie dorthin.

»Sie werden mit Lichterketten beleuchtet«, meint meine Chefin, »und dadurch morgen noch zauberhafter sein. Unseren kritischen Auftraggeber wird das sicher zufriedenstellen und natürlich auch den Gästen gefallen.« Sie winkt uns mit sich ins Restaurant. »Kommen Sie bitte herein, ich spendiere Ihnen einen Kaffee.«

Ich bin so stolz auf Paps, dass ich platzen könnte. Darüber vergesse ich sogar einen Moment lang, dass nun der kniffelige Teil meines Plans bevorsteht.

»Ich komme gleich nach«, rufe ich den beiden hinterher. Nervös sehe ich mich um. Liam drückt meine Hand. Er ist zum Glück noch bei mir geblieben.

Wenig später fährt das Auto meiner Großeltern vor. Aus

dem Roll-In gibt Cedrick uns ein Zeichen, dass Paps den vorgesehenen Tisch erreicht hat. Als ich ihn gestern anrief, hat er sofort die Haihöhle als Treffpunkt vorgeschlagen und den Tisch reserviert. Der Platz in der hintersten Ecke auf der Empore ist optimal, um Paps und meine Großeltern von anderen Gästen und damit weiteren Zuhörern abzuschotten. Natürlich passt auch das Wandbild mit dem tausendfach bezahnten Raubtier perfekt zu diesem Treffen. Meine Großeltern und Paps werden sich wahrscheinlich gegenseitig zerfleischen. Und mich noch dazu. Ich schlucke. Da muss ich jetzt durch.

»Chouchou«, begrüßt mich Grand-père freudig. Er umarmt mich und Grand-mère haucht mir Küsschen auf die Wange. Dann geben sie Liam die Hand. Sie kennen ihn schon fast so lange wie ich.

Neugierig betrachtet Grand-mère das Restaurant von außen. »Hier hast du also dein Praktikum gemacht. Das sieht futuristisch aus.«

Grand-père tritt derweil zu den Eisfiguren hinauf. Er beugt sich nach vorne und betrachtet den kleinen Amor. Dann streicht er über den Busch, an dem der Liebesgott lehnt.

»Das sieht aus wie einer meiner Buchsbäume. Außerordentlich gelungen!«

Auch Grand-mère nähert sich. Sie umrundet das Eisherz. »Ja, wirklich extraordinär!«, murmelt sie dabei.

Liam boxt mir den Ellenbogen in die Seite, und ich beiße mir auf die Zunge, um nicht damit rauszuplatzen, dass die Figuren von Paps sind. Ich muss mich zusammenreißen und an meinem Plan festhalten. Immerhin habe ich mir meine Worte schon zurechtgelegt.

»Wollen wir reingehen?«, schlägt Liam vor und macht ein paar Schritte Richtung Tür. Wir schließen uns ihm an.

»Oh, nett«, raunt Grand-père, als wir eintreten. Fasziniert betrachtet er die Schienen über sich. Ich hake mich bei ihm unter und lotse ihn zur Theke. Liam tut dasselbe mit Grand-mère. Wir wollen vermeiden, dass sie Paps entdecken. Der ist zwar oben in der Haihöhle und damit aus dem direkten Blickfeld verschwunden. Dennoch könnte er aufstehen und über die Brüstung schauen.

»Sie sind also der Latte-Mann, nicht wahr?«, fragt Grand-mère, als wir Cedrick erreichen. Der lacht und macht eine elegante Verbeugung. »Zu Ihren Diensten. Soll ich Ihnen einen Cappuccino machen, nachdem ich Sie an Ihren Tisch geführt habe?«

»Sehr gerne«, meint Grand-mère. Liam drückt noch einmal meine Hand, dann setzt er sich an die Theke, um dort auf Cedrick zu warten. Ich folge ihm und meinen Großeltern nach oben. Bevor ich die Empore betrete, atme ich noch einmal durch. Jetzt ist der Moment gekommen: das Blind Date der anderen Art.

Mein Vater sitzt am Tisch. Emilia steht noch bei ihm und unterhält sich mit ihm. Da fällt Paps' Blick auf Grand-mère und Grand-père. Das Lächeln auf seinem Gesicht friert ein. Die Mienen meiner Großeltern kann ich nur erahnen, immerhin stehe ich hinter ihnen. Grand-mère und Grand-père werden langsamer. Paps blickt sich um, als würde er nach einem Fluchtweg suchen. Emilia bemerkt seine Unruhe und dreht sich in unsere Richtung.

»Das sind meine Großeltern und das ist meine Chefin Emilia McAllan«, stelle ich sie einander vor, als wir im Schneckentempo näher treten.

»Ach, wie schön.« Emilia schüttelt ihnen die Hände und rückt zwei Stühle an Paps' Tisch zurück. »Seien Sie meine Gäste. Die Küche ist heute eigentlich geschlossen, aber Luzie's Kreation kann Karla Ihnen gerne zubereiten.« Sie zwinkert mir zu. Stumm nickend setzen sich meine Großeltern hin. Keiner will sich vor meiner Chefin, ihrem Angestellten und den Gästen die Blöße geben. Niemand kann flüchten oder eine Szene machen. Emilia tauscht noch etwas Small Talk aus und verschwindet dann in ihrem Büro. Auch Cedrick zieht sich zurück.

»Was wird das?«, raunt Paps an meiner Seite. Die Schärfe in seiner Stimme erschreckt mich. Das kenne ich gar nicht von ihm. Mein Herz klopft mir bis zum Hals. Dann sinke ich auf den letzten freien Stuhl.

»Ich weiß, dass ihr euch lieber aus dem Weg geht«, beginne ich und werde jäh von Grand-père unterbrochen: »Ganz genau, Chouchou.«

»Ich finde es empörend, dass du dich einmischst«, fügt Grand-mère hinzu.

Wut kocht in mir hoch. Heiße, wilde Vulkanwut. »Ich gehöre immerhin zur Familie«, sage ich. Meine Stimme zittert.

»Ihr tut die ganze Zeit so, als wärt ihr euch egal. Dabei wollt ihr eigentlich alles übereinander wissen.« Ich räuspere mich und schaue erst Grand-père und dann Grand-mère in die Augen. So fest und durchdringend, wie ich es hinbekomme. »Ihr seid der Meinung, Paps hat euch hängen lassen mit der Firma. Und ihr verzeiht ihm nicht, was er auf der Weihnachtsfeier damals gesagt hat.«

Ich schiele zu Paps rüber. Er sieht plötzlich so traurig aus, dass ich am liebsten anfangen würde zu weinen. Ich muss mich konzentrieren, um den Faden nicht zu verlieren. »Trotzdem wollt ihr wissen, was er so treibt, wie es ihm geht. Und gleichzeitig wollt ihr es auch wieder nicht. Nie kann ich von uns erzählen, ohne gleich abgewürgt zu werden. Immer muss ich meine Worte abwägen. Vor lauter Stolz und Beleidigtsein kriegt ihr kaum mehr etwas von uns und unserem Leben mit.« Diese Tatsache auszusprechen zerreißt mir fast das Herz. Aber das muss jetzt raus. »Ihr kennt Ernie zum Beispiel nicht«, sage ich leise. Ich bin ein bisschen aus der Puste geraten.

»Ernie?« Grand-père sieht mich fragend an.

»Unseren Food Truck. Er ist nicht nur irgendein Fast-Food-Imbisswagen. Wir lieben ihn und er ist ein Teil der Familie. Außerdem haben wir eine Eisbahn, die richtig gut läuft. Und dann ist da der Skateplatz, um den sich Paps kümmert. Wir verbringen dort viel Zeit zusammen.« Zum ersten Mal traue ich mich, vor meinen Großeltern so offen über unseren Familienalltag zu sprechen. Wie eine Picknickdecke breite ich alles vor ihnen aus. Ich hatte immer Angst, damit eine Grenze zu überschreiten und Paps auf den Schlips zu treten, weil er das vielleicht nicht will. Aber in diesem Moment ist mir das egal. »Die Eisfiguren draußen, die ihr so extraordinär und außerordentlich findet, sind von Paps. Er ist supererfolgreich in allem, was er macht.«

Erschüttert senken meine Großeltern den Blick.

Ich wende mich an meinen Vater. Der starrt mich an, als wäre ich ein Alien, der sich die Haut seiner Tochter übergestülpt hat. »Und bei dir ist es ganz genauso«, fahre ich fort. »Du findest, deine Eltern haben dich hängen lassen. Und du bist noch immer wütend darüber, was sie auf der Weihnachtsfeier gesagt haben.« Ich schnaufe. »Trotzdem fragst du mich immer wieder, wie es Grand-père geht. Ob sich seine Krankheit verschlimmert und wie viele Katzen Grand-mère gerade hat. Ich habe es so satt, zwischen den Stühlen zu hängen.« Jetzt tippe ich auf die blauen Streifen an seinem Ringelpulli. »Wie war das neulich? *Allez les bleus!* Du kannst sie selbst fragen, wie es ihnen geht. Also gib dir einen Ruck!«

Schwungvoll stehe ich auf. »Ihr könntet endlich mal über euren Schatten springen.« Immerhin mache ich das auch gerade. Und ich bin nicht erwachsen, wie die drei, die hier vor mir sitzen und betretene Gesichter machen. »Meine Chefin meinte vor ein paar Tagen: *Man hat verloren, wenn man aufhört, es zu versuchen.*« Emilia hat das zu Ludovico gesagt, als er eine missratene Macarons-Füllung in die Mülltonne pfefferte und nach Hause gehen wollte. Dass das wie ein schlechter Glückskeksspruch klingt, ist mir piepegal. Es passt perfekt. »Ihr verliert alle nicht gerne. Und trotzdem wartet ihr darauf, dass der andere den ersten Schritt macht. Euer Stolz macht alles kaputt! Ich wünschte, ihr würdet endlich mal miteinander reden!«

Mit diesem Schlusssatz, über dem ich gestern noch lange gebrütet habe, drehe ich mich um und marschiere davon. Sollen sie damit machen, was sie wollen. Ich habe ihnen eine Brücke gebaut, über die sie gehen und einen Schlussstrich ziehen können. Wenn sie die Brücke lieber ignorieren und so weitermachen wollen wie bisher, ist es wenigstens eine klare Entscheidung. Und ich habe es versucht.

Ich fühle mich seltsam befreit. In meinem Hals steckt kein Frosch mehr. Während ich auf die Treppe zulaufe, nehme ich aus den Augenwinkeln einen Schatten in der Tür des Personalraums wahr. Ich drehe den Kopf und sehe zwei rauchgraue Augen. Sie starren mich an. Verwundert und – anerkennend?

Schnell wende ich den Blick ab. Ich habe weder Zeit noch die Nerven, mich mit Nick zu befassen. Außerdem will ich meinen dramatischen Abgang nicht unterbrechen.

Unten wartet Liam auf mich. Er verabschiedet sich eilig von Cedrick und legt mir einen Arm über die Schulter. Dann gehen wir nach draußen. Ich fühle mich, als würde ich aus der Höhle des Löwen kommen und in die Freiheit treten. Oder als hätte ich gerade eine schwierige mündliche Prüfung hinter mich gebracht. Irgendwie habe ich das auch.

»Du warst toll«, lobt mich Liam. »Ich habe zwischendurch gelauscht.«

»Danke«, fiepse ich und fühle mich völlig berauscht. Gleichzeitig aber auch leer. Leer und erschöpft.

KAPITEL 17

Der große Tag der Promi-Party ist gekommen. Gähnend schäle ich mich aus dem Bett. Sonnenstrahlen leuchten durch das Fenster in mein Gesicht, als wollten sie mich streicheln. Gestern Abend habe ich Paps nicht mehr gesehen. Als ich nach Hause gekommen bin, erwartete mich Mama. Sie hatte nicht damit gerechnet, dass wir so lange weg sein würden, und wunderte sich schon. Da habe ich ihr alles erzählt. Zuerst war sie überrascht, dann lächelte sie, drückte mir einen Kuss auf die Stirn und nannte mich ihr »tapferes Mädchen.«

Irgendwie hat das die Leere in mir wieder ein bisschen gefüllt. Völlig erschöpft bin ich dann ins Bett gekrochen und bis jetzt nicht mehr rausgekommen. Nun habe ich ein bisschen Angst davor, Paps zu begegnen. Ich krame nach dem befreiten Rauschgefühl, das sich gestern nach der Aktion in mir breitgemacht hat. Gerne hätte ich jetzt noch mal ein Fitzelchen davon, damit ich Paps nicht wie ein Piepsmäuschen entgegentrete. Aber von einem MUTausbruch ist gerade weit und breit nichts mehr zu spüren. Also betrete ich mit gesenktem Kopf die Küche. Ich hoffe, Paps empfindet mein Verhalten nicht als Verrat.

Meine Eltern sitzen am Tisch und trinken Kaffee. Ihre Mienen sind ernst, und sie beenden ihre Unterhaltung, als ich reinkomme.

»Guten Morgen«, krächze ich und kaue so fest auf meiner Unterlippe, dass es wehtut. Mama lächelt mir zu, dann lässt sie uns allein. Stumm setze ich mich neben Paps.

Er schaut mich an, dunkle Ringe unter den Augen. Ob er überhaupt geschlafen hat? »*Allez les bleus*, hm? Dass du meine Worte so gegen mich verwendest, ist eine Frechheit.« Ich lächle schuldbewusst und sein Blick wird warm und liebevoll.

»Tut mir leid«, seufzt er schließlich. »Du hattest recht.«

»Mit was genau?« Ich greife nach der Teetasse, die Mama mir hingestellt hat.

»Mit allem. Es war nicht gut, dich da so reinzuziehen. Ehrlich gesagt war mir nicht klar, wie belastend das für dich ist. Und ja, vielleicht sollte man hin und wieder über seinen Schatten springen.« Er seufzt. »Ich bin noch nicht sicher, ob ich das wirklich kann. Und ich glaube, Grand-mère und Grand-père auch nicht.«

Also gab es gestern keine Aussprache? Ich nippe an der Tasse, stelle sie ab und streiche mir über den Mund. »Habt ihr wieder gestritten?«, frage ich, obwohl ich gar nicht sicher bin, ob ich es überhaupt wissen will.

Paps nickt. »Wir haben heftig diskutiert, dabei aber auch ein paar Vorwürfe aus dem Weg geräumt. Im Streit damals sind viele verletzende Worte gefallen. Es tut gut zu wissen, dass nicht nur ich deswegen Gewissenbisse hatte, sondern auch deine Großeltern. In jedem Fall ist es ein Fortschritt, dass wir zusammen an einem Tisch saßen, ohne uns an die Gurgel zu gehen. Also kannst du deine Aktion als ersten Erfolg verbuchen, Lu.« Er zwinkert mir zu und so langsam erkenne ich meinen sonst so fröhlichen, gut gelaunten Paps wieder.

Ein Gefühl der Zufriedenheit breitet sich in mir aus. Es ist anders als das von gestern. Tiefer und gewichtiger. Meine Familie hat sich auf der Brücke, die ich ihnen gebaut habe, tatsächlich einen winzigen Schritt aufeinander zubewegt und hat sie nicht sofort in ihre Einzelteile zerlegt. Was will ich mehr?

»Super!«, sage ich und überlege, ob ich mir ein Croissant schnappen soll. Doch irgendwie fehlt mir der Appetit.

Als Mama das Auto stoppt, um Liam und mich beim Roll-In rauszulassen, werden Paps' Eisfiguren gerade mit Lichterketten behängt. Auf der Terrasse steht eine Bar, umrahmt von zwei Lautsprechern, die so groß sind wie ich. Wenn die Musik später laut gedreht wird, platzt uns bestimmt das Trommelfell. Vor der Fensterfront verteilt das Thekenteam die Decken und Kissen, die Nick und ich neulich mit Emilia gekauft haben. Beim Gedanken daran spüre ich einen Stich in der Magengegend.

Liam nimmt meine Hand. Seine Finger sind eiskalt, obwohl wir aus dem warmen Auto kommen.

»Bist du aufgeregt?«, erkundige ich mich. »Wegen Cedrick, den Promis, dem Job?«

Er nickt. »Ja, ja und ja.«

Ich muss glucksen. Im Gegensatz zu ihm bin ich heute eher gelassen. Auch wenn ich mich natürlich frage, wie so eine Promi-Party wohl abläuft. Ob die Leute alle so aufgesetzt und anspruchsvoll sind wie Mister Glamourös-Pompös? Vielleicht ist Joelle eine Zicke, die nur in den Medien sympathisch rüberkommt. Ich hoffe, alles läuft glatt und niemand von uns fällt über die eigenen Füße. Den ganzen Nachmittag und Abend auf Rollschuhen unterwegs zu sein wird sicher nicht leicht.

Liam zieht mich mit sich. Im Roll-In scheinen die Spannungen, die sich gestern zwischen meinen Großeltern und Paps entladen haben, noch greifbar. Als hätten sie sich in den Schienen verfangen. Wie ein unsichtbares, eng gewobenes Spinnennetz hängt die Unruhe über uns. Cedrick wirbelt an der Theke herum und gibt den Leuten seines Teams Anweisungen, poliert Gläser, füllt die Schubladen. Man sieht, dass er Vollprofi ist. Denn bei all der Eile und vorherrschenden Hektik macht er ein fröhliches Gesicht. Ich glaube, er mag den Trubel. Vielleicht bietet er ihm das passende Gegengewicht zu seinem Studium, in dem er die meiste Zeit in Hörsälen herumhängt und über Büchern brütet. Zumindest stelle ich es mir so vor. Auch seine Kollegin Marie, mit der er sich die Arbeit an der Bar immer teilt, ist bereits da.

Ich schaue mich nach meinem Team um. Das sammelt sich gerade bei der Tornadobühne. Mithilfe von Piamina und Annika baut Nick das Geländer ab, das Mister Glamourös-Pompös nicht dort haben wollte. Nicks Anblick wirft mich einen Moment aus der Bahn. Er trägt keinen Pulli, sondern nur ein Shirt. Als er ein Stück Geländer hochhebt, zeichnen sich die Muskeln an seinen Armen ab. Schweiß liegt auf seiner Stirn und die Haare sind ein bisschen verwuschelt. Tief atme ich durch. Ich habe beschlossen, die Gefühle für ihn in ein imaginäres Kästchen zu packen, es fest zu verschließen und wegzulegen. Das ist kein Verdrängungsversuch. Absolut nicht! Eher eine Art Schatz-Sicherung. Das Kribbeln, das ich in seiner Gegenwart spüre, war schön und aufregend, aber auch einseitig. Wenn es zwischen uns eine Verbindung gibt, dann ist es eine freundschaftliche. Mehr nicht. Und ich muss jetzt damit klarkommen. Also ist das in Ordnung so!

Liam lässt meine Hand los, um zur Theke zu gehen.

Meine mühsam zusammengekratzte Selbstsicherheit nimmt er mit.

Es ist in Ordnung so, es ist in Ordnung so, singe ich mein stummes Mantra vor mich hin und trete mit kalten Händen und klopfendem Herzen zu den anderen. »Hey, was kann ich tun?«, erkundige ich mich möglichst lässig.

»Hi.« Nick fixiert mich mit seinem rauchgrauen Blick. »Wir brauchen Leute für die Luftballons. Sie liegen an Tisch fünf. Leider finden wir die Pumpen nicht.«

Ich nicke, gehe schnell hoch, um meine Sachen im Personalraum zu verstauen, und dann direkt zu Piamina. Sie sitzt bereits am Tisch und pustet wie eine Bekloppte in die durchsichtigen Ballons mit den roten Herzen darin. »Sauerstoffmangel«, keucht sie und fächert sich Luft zu. Sie ist schon ganz blass um die Nase. »Wenn ich so weitermache, falle ich in Ohnmacht. Und hier gibt es weit und breit niemanden, von dem ich mich retten lassen will.« Sie beugt sich zur Seite, um zur Theke zu schielen.

»Ah, oder doch. Der Typ da ist heiß. Bei dem würde ich eine Mund-zu-Mund-Beatmung nicht ablehnen.«

»Bei wem?« Ich folge ihrem Blick. Liam steht dort. Er lacht und sieht so perfekt aus wie immer. »Da wird leider nicht mehr draus. Das ist Liam und er ist schwul. Weil er mein bester Freund ist, weiß ich das aus sicherer Quelle.« Umständlich knote ich meinen Herzballon zu.

»Och Mann. Wieso sind die guten Typen nur alle schwul oder vergeben? Cedrick wäre auch so toll gewesen«, murrt Piamina.

Wo sie recht hat, hat sie recht. »Wir müssen uns eben gegenseitig auffangen, wenn wir umkippen.«

»Gute Idee. Das machen wir.« Sie hebt eine Faust und ich boxe leicht mit meiner dagegen.

Nach und nach treffen auch die restlichen Blauen Wölfe ein. Nick verteilt weitere Aufgaben und alle wuseln herum wie aufgeschreckte Hühner, hängen silberne Luftschlangenkringel in die Eisenschienen über unseren Köpfen, legen Glitzersteinchen, Kerzen und Servietten auf die Tische. Nick hingegen kämpft weiter mit dem Geländer, und obwohl ich es nicht will, schiele ich immer wieder zu ihm rüber.

»Ich wünschte, Nick hätte einen Bruder«, seufzt Piamina und bindet ein rotes Band an den Luftballon, der ihr gerade die letzte Puste geraubt hat. Er ist noch nicht mal halb vollgeblasen, aber das scheint ihr egal zu sein.

»Am besten gleich mehrere Brüder«, füge ich lachend hinzu. »Dann gäbe es für jede von uns einen.«

»Ha«, brüllt sie und legt den Ballon beiseite. »Endlich hörst du mal auf, die Gleichgültige zu spielen, und gibst zu, dass du auch infiziert bist. Nick-infiziert!«

Ich wiege den Kopf hin und her. Eigentlich ist es auch egal, wenn sie das weiß. Aus irgendeinem Grund bin ich mir bei Piamina sicher, dass sie es nicht gegen mich verwendet.

»Willkommen im Klub, Schwester«, lacht sie und reicht mir einen neuen Ballon. Ich puste so kräftig hinein, dass schwarze Punkte vor meinen Augen tanzen.

»Nick ist eben der heißeste Typ weit und breit«, sagt sie grinsend.

Ja, absolut, denke ich und ärgere mich, dass ich mich so schlecht im Griff habe. Ich muss ihn in mein Kästchen packen, verdammt noch mal! Wütend beschließe ich, Nick heute Abend so gut es geht zu ignorieren. Ab sofort ist er Luft. Nein, noch weniger als Luft: Nicht existent. Jawohl!

Eine halbe Stunde später sind die Teams fertig. Das Roll-In erstrahlt so feierlich und pompös, wie man sich eine Party bei den Royals vorstellt. Aus der Küche strömt leckerer Essensduft zu uns heraus, sanfte Fahrstuhlmusik tönt durch den Raum, die Deko glitzert und schimmert mit den glänzenden Eisenschienen um die Wette, Luftballons schweben sanft hin und her und auf den Tischen flackern Kerzen. Das imaginäre Spinnennetz über uns hat sich aufgelöst. Alles ist vorbereitet.

»Zieht jetzt bitte eure Arbeitskleidung an«, fordert Emilia uns von der Empore aus auf. »Und legt die Handys weg. Es geht gleich los.« Sie sieht anders aus als sonst. In ihrem eleganten schwarzen Kleid mit dem Kragen aus Pailletten und an den Seiten hochgesteckten Haaren wirkt sie weniger streng als sonst. Das steht ihr gut.

Alle eilen zum Personalraum und den Toiletten, um sich fertig zu machen. Auch ich gehe hoch.

»So muss sich früher der Hofstaat gefühlt haben, bevor der König mit seinem Gefolge in die Burg gekommen ist«, wispert Piamina neben mir. Ich grinse, weil ich gerade fast das Gleiche gedacht habe, dann schlüpfe ich in das schwarze Shirt mit dem geschwungenen Logo des Roll-In. Damit meine Haare mich nicht stören, binde ich mir einen Pferdeschwanz. Vor dem Spiegel steht Annika, tuscht sich ihre Wimpern und legt glänzenden Lipgloss auf. Ich bin sicher, dass sie auch ungeduscht und ungeschminkt aussieht wie ein rothaariger Engel.

Als sie bemerkt, dass ich zu ihr schaue, kommt sie rüber. Sie hält mir ihren Lipgloss hin. »Magst du auch? Steht dir bestimmt.«

»Ich dachte, du hättest ihn verloren«, sage ich schnippischer als beabsichtigt.

Annika lächelt. »Wiedergefunden.«

Weil sie ihn mir weiter hinstreckt, nehme ich ihn aus ihrer Hand und verteile ein bisschen davon auf meinen Lippen. Er riecht nach Beeren. Ob Nick das beim Küssen stört? Wütend über meine Gedanken gebe ich ihn ihr zurück.

»Hör zu«, sagt sie plötzlich ernst. »Mein Verhalten neulich tut mir leid. Ich hatte nicht das Recht, einfach bei dir aufzutauchen und dir auf die Nerven zu gehen.«

Wow, das hätte ich nicht von ihr erwartet. Sie muss mich doch gar nicht weiter beachten. Immerhin ist alles geklärt, und sie hat, was sie wollte.

»Schon okay«, sage ich, immer noch etwas durcheinander von ihrer Geste.

Sie nickt zufrieden. »Gut!«

Als ich aus dem Personalraum komme, stellt Nick an der Empore neben der Haihöhle gerade die Seifenblasenkanone auf. Er lächelt mir zu. Ich zucke nur mit dem rechten Mundwinkel und wende mich ab. *Luft, er ist Luft*, murmele ich mein neues Mantra.

Unten verteilt Karla die Rollschuhe. »Zum Glück bin ich in der Küche und muss keine Angst davor haben, mir die Knochen zu brechen«, flüstert sie mir zu. »Jetzt heißt es für uns alle: Anschnallen und los!«

»Du sagst es.« Ich ziehe mir die Dinger über die Füße und stelle mich hin.

Kaum haben wir alle die letzten Accessoires unserer Outfits angelegt, kommen draußen schon die ersten Gäste an. Während wir uns an unsere Plätze begeben, eilt Emilia raus, um alle persönlich zu begrüßen.

Neugierig recken wir unsere Hälse. Nach und nach betreten die Leute den Laden. Sie sind gestylt wie für ein Filmfestival: Glitzerklamotten, teure Anzüge, schicke Frisuren, Make-up-Gesichter, so weit das Auge reicht. Es herrscht eine brodelnde Atmosphäre.

Dann tritt Joelle mit Mister Glamourös-Pompös draußen auf die Terrasse. »Schau«, »Da ist sie«, »Oh, wow«, murmeln alle durcheinander und machen noch längere Hälse als zuvor. Tatsächlich wirkt Joelle ein bisschen so, als hätte sie lauter Leuchtdioden um sich herum oder eine Art Glühwürmchen-Gefolgschaft, die wie ein Ganzkörper-Heiligenschein um sie herumschwirren. Sie strahlt so hell, dass man regelrecht geblendet wird. Ob ihr Manager deswegen immer diese dämliche Sonnenbrille trägt?

Joelle unterhält sich draußen kurz mit Emilia und einigen Gästen, die dort Champagner trinken. Dann kommt sie rein. Begeistert sieht sie sich um. Ihr Lächeln wirkt echt. *Sie* wirkt echt. Die Leute legen schlagartig ihre Zurückhaltung ab, werden lauter und aufgeregter. Ihr Lachen schallt mehrere Oktaven höher durch den Raum und übertönt die Hintergrundmusik, die Cedrick ein wenig hochdreht. Es dauert nicht lange, bis Joelles nichtsahnender Freund Bob eintrifft. Freunde von ihm haben ihn hierhergelotst. Sein überraschter Blick verhakt sich mit dem von Joelle, und die beiden sehen sich so voll aufrichtiger Liebe an, dass ich mich fühle wie in einem kitschigen Hollywood-Blockbuster. Das Happy End naht, das Paar fällt sich überglücklich in die Arme und alles ist gut. Für immer!

Ich schlucke gerührt. Wieso bin nicht ich die Hauptperson einer solchen Liebesgeschichte? Dann wären all die Herzluftballons, die ich vorhin mit Piamina aufgeblasen habe, für mich und mein persönliches Glück bestimmt.

Mein Blick fliegt rüber zu Nick. Er steht an seinem Tisch. Neben ihm Annika. Die mich ein kleines bisschen an Joelle erinnert, weil auch sie dieses Strahlen hat. Tja, und da habe ich die Antwort auf meine Frage: Ich bin nicht die Hauptperson, weil die Rollen der Glücksprinzessinnen in diesem Raum allesamt vergeben sind. Sogar Liam kann ich dazuzählen. Er schäkert hinter der Bar mit Cedrick herum und sieht so sorglos aus wie schon lange nicht mehr. Anscheinend hat er endlich seinen Mister Right gefunden. Die beiden sind mein persönliches Traumpaar.

KAPITEL 18

»Luzie, kommst du schnell mit in den Keller, um die Himmelslaternen zu holen?«

Ich fahre herum und gerate auf den Rollschuhen ins Straucheln. Nick hat sich an mein Ohr gebeugt, weil die Musik und die Unterhaltungen der Gäste so laut sind, dass man kaum mehr etwas versteht, ohne zu schreien. Wieder riecht er nach Tannennadeln, Minze und diesem herben Aroma, das mich ganz schwummerig im Kopf macht.

»Kann das nicht jemand anders machen?« Gequält wische ich ein paar Krümel vom Tisch neben mir.

»Keine Angst, wir müssen nicht in den Kühlraum. Die Laternen sind im großen Gewölbekeller.« Nick zwinkert und ich sehe schnell weg. Meine Klaustrophobie ist mir völlig egal. Am liebsten würde ich Nick von mir wegschieben, damit er mir nicht so verdammt nah ist.

»Ich wollte gerade an der Theke neue Kerzen besorgen«, versuche ich mich rauszureden. Wieso fragt er ausgerechnet mich und nicht Annika?

Verwirrt schaut Nick erst mich und dann das Teelicht auf

dem Tisch an, das gerade mal zur Hälfte abgebrannt ist. Ich seufze leise. Eine andere Ausrede ist mir auf die Schnelle nicht eingefallen. Weil ich mich aber nicht länger kindisch verhalten will, folge ich ihm zur Treppe nach unten. Dabei suche ich nach Liam, um ihm einen leidenden Blick zuzuwerfen, kann ihn gerade aber nirgends entdecken.

Unter der Treppe ziehen Nick und ich die Rollschuhe aus und steigen auf Socken in den Keller. Die plötzliche Stille unter der Gewölbedecke ist so ungewohnt, dass sie im ersten Moment fast erdrückend wirkt. Meine Ohren rauschen leise. So als würde es ganz in der Nähe ein Meer geben, dessen Wellen stetig am Ufer brechen.

»Wo sind denn die Laternen?«, frage ich und eile zu den Kisten, die wir neulich aufgestapelt haben.

»Hier hinten.« Nick tritt neben mich. »Ich bin froh, dass wir kurz sprechen können.« Seine rauchgrauen Augen schimmern warm und bei mir setzt ein Fluchtreflex ein. Obwohl die frische Luft und die Ruhe hier unten guttun, will ich so schnell wie möglich wieder hoch in den Trubel. Weg von Nick.

Das Kästchen mit meinen Gefühlen für ihn ist nicht fest genug verschlossen, um jetzt gleichgültig zu bleiben. Aber ich will nicht, dass mich der große Katzenjammer gleich wieder überrollt.

»Wir sollten uns beeilen«, sage ich deshalb und klemme

mir einen Stapel Laternen unter den Arm. Das Papier raschelt leise.

»Wir haben uns ein paar Tage nicht gesehen«, sagt Nick und schnappt sich ebenfalls mehrere Tüten. »Es war ja viel los.«

Angespannt halte ich inne. Das Rauschen in meinen Ohren wird lauter. Ich weiß nicht, worauf genau er sich bezieht. Meint er Weihnachten? Oder meine Aktion mit Grand-mère, Grand-père und Paps, die er zumindest teilweise mitgekriegt haben muss? Vielleicht will er mir auch noch mal persönlich sagen, dass er nun wieder mit Annika zusammen ist und ich mir keine Hoffnungen machen soll? Wenn er nicht ganz blöd ist, hat er bestimmt gemerkt, dass ich auf seine Gegenwart so schmachtend reagiere wie das halbe Eishockey-Team.

»Ja, es ist echt viel passiert«, antworte ich, weil er so wirkt, als müsse er sich die passenden Worte noch zurechtlegen. Vielleicht wäre jetzt ein guter Moment, um reinen Tisch zu machen und ihm zu gestehen, dass ich es war, die heimlich in sein Buch geschrieben hat?

»Hör zu«, fährt er plötzlich fort und wirkt ungewöhnlich ernst. »Es ist wegen Annika. Und dir. Also, neulich ...« Wieder hält er inne.

»Du musst mir nichts erklären«, komme ich ihm zu Hilfe, noch immer hin- und hergerissen zwischen meinem Fluchtreflex und der Neugier darauf, was er mir sagen will.

Ein Rumpeln lässt uns aufhorchen. Wir drehen die Köpfe. Aus dem Kühlraum, dessen neue Tür gerade aufgeht, tritt Liam. Überrascht ziehe ich die Stirn kraus. War er die ganze Zeit da drin? Jetzt entdecke ich den vollen Obstkorb in seiner Hand. Wahrscheinlich ist das Nachschub für die Cocktails.

»Hi«, sage ich. »Wir holen gerade die Himmelslaternen.«

»Ich die Melonen«, antwortet Liam und wirft mir einen fragenden Blick zu. *Alles okay?*, will er wortlos wissen. Ich nicke.

»Was ist denn das für eine Versammlung?« Nun ist auch noch Cedrick von oben gekommen. Der besondere Moment zwischen Nick und mir ist damit endgültig vorbei, genau wie die Möglichkeit, ein paar Dinge zwischen uns zu klären.

»Wir brauchen noch Röhrchen und Cocktailschirmchen«, sagt Cedrick und beginnt in einem Regal herumzukramen.

Als wir alles zusammenhaben, gehen wir wieder die Treppe hoch. Bereits auf halbem Weg dröhnen uns die Bässe entgegen und das wilde Geschehen saugt uns ein wie ein schwarzes Loch ein paar herumirrende Kometen im Weltall.

Eine halbe Stunde später drängen die Besucher nach draußen. Nick, ich und ein paar weitere Service-Kolleginnen haben die Himmelslaternen großzügig auf der Terrasse verteilt. Sie liegen zwischen Paps' wunderschönen Eisstatuen, die immer wieder Begeisterung bei den Besuchern auslösen. Ich muss ihm unbedingt erzählen, wie gut seine Kunstwerke ankommen. Eine Frau hat sogar gefragt, ob man den Künstler für einen Live-Act bei einer ihrer Partys buchen kann. Haha, das will ich sehen. Paps, wie er vor irgendwelchen B- und C-Promis seine Säge auspackt und etwas von der Wasserqualität seines Eisblocks erzählt.

»Hey, Leute«, tönt Joelles Stimme aus den Lautsprechern. »Ich bin so froh, dass ihr alle da seid und heute mit uns feiert. Jetzt kommt eines meiner Highlights: die Wunsch- oder auch Himmelslaternen. Nehmt euch welche, schreibt einen Wunsch auf die Zettel daneben, hängt sie dran und dann lassen wir die Lampions gemeinsam fliegen.« Sie klatscht in die Hände. »Und weil das Team vom Roll-In so toll ist, fände ich es schön, wenn alle mitmachen. Es sind genug Laternen da.« Sie winkt die Angestellten raus, die neugierig durch die Scheiben schauen. »Los, traut euch!«

Niemand lässt sich lange bitten. Nach und nach versammeln sich alle auf der Terrasse. Nur das Küchenteam taucht nicht auf. Es hat entweder nichts mitbekommen oder keine Lust, sich anzuschließen. Ich kann mir Sergio aber auch schwer dabei vorstellen, wie er einen Wunsch in den Himmel schickt. Das wäre deutlich zu romantisch für einen Drachenmann wie ihn.

Nachdem die Gäste fertig sind, greifen auch wir Angestellten nach Kärtchen, Stiften und Lampions. Emilia lehnt an der Wand neben der Tür und gibt uns mit einem Nicken zu verstehen, dass das in Ordnung geht. »Soll ich mir ein paar Brüder von Nick für uns wünschen, die nach einer Expedition verschollen waren und jetzt plötzlich wieder auftauchen?«, flüstert Piamina mir augenzwinkernd zu. Sie steht mit Liam und Cedrick neben mir.

Entschlossen schüttele ich den Kopf. »Zu unrealistisch. Wünsch dir lieber etwas, das auch in Erfüllung gehen kann.« Nachdenklich legt sie den Stift an die Lippen. Und auch ich überlege fieberhaft, welchen Wunsch ich in den Himmel schicken will. Vielleicht, dass Liam von Cedrick niemals enttäuscht wird? Oder dass meine Großeltern und Paps sich weiterhin näherkommen und sich irgendwann in der Mitte der Brücke treffen, um gemeinsam wieder runterzugehen? Oder dass Paps ein Eisschnitz-Superstar wird? Puh, gar nicht so einfach.

»Sind alle so weit?«, erkundigt sich Joelle. »Dann zündet die Dochte an.«

Überall flimmern Feuerzeuge auf. Die Tüten werden

groß. Sie blasen sich auf. Und dann sieht Joelle flüchtig zu mir rüber. Sie lächelt mir zu. Einen Moment lang werde ich von ihrer positiven Energie und ihrer strahlenden Aura eingehüllt. Und so notiere ich das Nächstbeste, was mir durch den Kopf geht, falte meinen Zettel zusammen und nehme die Streichholzschachtel von Liam entgegen.

»Drei, zwei, eins«, zählt Joelle runter. »Und los!«

Schon lassen wir unsere Tüten fliegen. Piamina greift nach meiner Hand. Das Lichtermeer über unseren Köpfen verschlägt uns die Sprache. Wie hypnotisiert starren wir in den Abendhimmel, über den sich die Lichtpunkte wie Sterne verteilen. Sie berühren sich, stoßen sich ab, trudeln im Wind, gleiten gemächlich dahin, manchmal langsamer, manchmal schneller. Lösen sich von Zeit und Raum, um in Richtung Weltall zu verschwinden. In mir breitet sich ein Gefühl von Zufriedenheit aus. Jeder findet seinen Weg und sein persönliches Glück. So wird das auch bei mir sein. Da bin ich mir plötzlich sicher.

Das Losschicken der Lampions ist der Startpunkt für eine wilde Party. Als hätte jemand ein dämmendes Tuch weggezogen, explodiert alles um uns herum förmlich. Die Musik wird schneller und lauter, manche Gäste beginnen in der Mitte des Restaurants bei der Tornadobühne zu tanzen. Mister Glamourös-Pompös steht am Rand und betrachtet zufrieden das Ergebnis seiner ständigen Mäkelei. Seine Sonnenbrille sitzt auf dem Kopf und die stahlblauen Augen leuchten zufrieden. Oben schmeißt Emilia die Seifenblasenmaschine an, sodass überall schillernde Kugeln herumfliegen, die an den Schienen oder zwischen den Leuten brechen und zerplatzen. Passend dazu schwirren bunte Kugeln über den Flatscreen. Dazwischen immer wieder rosa Herzen. Joelle schmettert irgendwann ihren Hit *Stars For You* und alle grölen mit. Die Arbeit an der Theke nimmt zu, denn die Leute bestellen wie verrückt irgendwelche Cocktails und Shakes. Und wir haben jede Menge damit zu tun, die Tische sauber zu halten, die Deko zu kontrollieren und den Gästen Häppchen aus der Küche zu servieren. Meine Currywurst-Kreation kommt besonders gut an. Karla muss sogar noch mal welche davon nachmachen, weil die Gäste danach fragen. Lobend klopft sie mir auf die Schulter, als ich einmal einen Schluck Wasser in der Küche trinke. Und ich habe das Gefühl, mindestens einen Zentimeter zu wachsen vor Stolz.

Ein paar Stunden später holt uns Liams Vater wie vereinbart mit dem Auto ab. Einige Gäste sind schon nach Hause gegangen. Der harte Kern wird aber noch von den volljährigen Angestellten bedient.

Todmüde sitzen Liam und ich im Wagen und lehnen aneinander. Er hat die Augen geschlossen und schnorchelt leise und zufrieden vor sich hin. Ich hingegen spüre meine schweren Füße mehr, als mir lieb ist, und bin voller Gedanken und Gefühle, die ich nicht haben will.

KAPITEL 19

Heute ist Paps' großer Tag. Der Wettbewerb steht an. Natürlich habe ich versprochen, ihn zu unterstützen. Mir hängt noch die Aufregung von vorgestern in den Knochen. Die Promi-Party war spannend, aufwühlend, anstrengend. Gestern habe ich fast den ganzen Tag verschlafen. Paps hat sich an seine Wettbewerbsfigur gemacht. Als ich seine müden Augen sehe, ist mir klar, dass er die halbe Nacht an seiner Schneekönigin geschnitzt haben muss.

»Na, alles klar?«, frage ich und setze mich zu ihm an den Frühstückstisch.

Er nickt und gähnt. »Die Königin ist fertig und startklar.«

»Sehr gut.« Gleich nach dem Frühstück werden wir uns auf den Weg zum Eisstadion machen. Ich bin schon gespannt, wie die Ausstellung sein wird.

Auch Piamina treffe ich dort. Sie hat mir erzählt, dass ihr Vater zum Vereinsvorstand gehört und deshalb bei sämtlichen Veranstaltungen dabei ist. Ich freue mich schon darauf, sie wiederzusehen.

Als ich Paps' Skulptur in der Garage sehe, fallen mir fast

die Augen aus dem Kopf. Er hat sich selbst übertroffen. Die Königin trägt ein filigranes Kleid, hat ein lebensecht geschnitztes Gesicht, wallendes Haar, das in kleinen Spitzen endet, die sich zu Löckchen wickeln. Und auf dem Kopf sitzt eine Krone. An deren Zacken sind Eiskugeln eingefasst, die wahrscheinlich Edelsteine sein sollen.

»Unglaublich!«, hauche ich. Wenn er dafür keinen Preis bekommt, dann hat die Jury Tomaten auf den Augen.

Paps lächelt zufrieden.

Das Stadion befindet sich auf der anderen Seite der Stadt. Ich bin noch nie dort gewesen. Am Eingang erwartet uns bereits ein Team, das Paps' Daten in einer Liste vermerkt, die Schneekönigin auf einen Rollwagen lädt und dann damit im Innern der Halle verschwindet.

Angespannt treten Paps und ich durch das Eingangstor. In der Vorhalle steht eine Menschentraube. Wir schieben uns zwischen den Leuten hindurch. Als wir an Umkleideräumen vorbeikommen, luge ich neugierig hinein. Hier trainieren also die Blauen Wölfe. Ob Nick oft zu den Spielen kommt und Annika anfeuert? Schnell schüttele ich den Gedanken ab. Jetzt ist nicht der richtige Moment, um an Nick zu denken. Paps ist die Hauptperson. Seit Wochen hat er auf diesen Moment hingearbeitet. Endlich ist es so weit.

Die Eisbahn im Innern ist deutlich größer als die auf unserem Platz. An den Banden sind Lichterketten aufgehängt. Über einer der beiden Längsseiten der Tribüne schwebt ein riesiger Bildschirm. Darauf steht: *Eisskulpturen-Wettbewerb der Amateure! Herzlich willkommen!*

Über das Eis wurden Stege gelegt. Wie Brücken ziehen sie sich durch die Welt aus gläsern scheinenden Figuren. Langsam schlendern wir hindurch. Von überlebensgroß bis hin zu miniaturklein ist alles dabei. Die Skulpturen thronen auf hüfthohen Eissockeln. Bunte Deckenstrahler leuchten sie an. Alles glitzert und schimmert wie in einer Tropfsteinhöhle. Die meisten Kunstwerke sind atemberaubend. Nur ganz wenige wirken etwas fehl am Platz, wie eine kopfgroße Nase oder ein Esel, dem der Schwanz fehlt. Bestimmt ist er beim Transport abgebrochen. Der arme Künstler!

»Eine Jury aus drei Frauen und drei Männern wird alles begutachten«, raunt Paps mir zu. Nervös blickt er zur Tribüne. Er reibt sich die Hände, fährt sich damit durch die Haare und steckt sie dann in seine Jeanstaschen.

»Du bist mein Held, egal wie das hier läuft«, versuche ich ihn zu beruhigen.

Er nickt nur fahrig. »Wir haben noch eine halbe Stunde. Komm, ich kaufe dir ’nen Hotdog, jetzt kann ich sowieso nichts mehr machen.«

An einem kleinen Stand in einem der Gänge stellen wir uns an. Da entdecke ich Piamina. Sie winkt mir von einer Sitzreihe aus zu.

»Ich bin gleich wieder da«, sage ich zu Paps.

»Klar, lass dir Zeit. Die Schlange ist endlos.«

»Hey, wie geht's dir?«, fragt Piamina, als ich sie erreiche. »Ich habe fürchterlichen Muskelkater vom Tablettschleppen vorgestern.«

»Ging mir genauso«, gestehe ich. »Heute ist es aber schon besser.«

Irgendwo hinter mir entdeckt sie jemanden. »Ah, das ist mein Bruder. Er ist Juniormitglied in der Jury. Mein Vater hat dafür gesorgt. Komm, ich stell euch mal vor.« Bevor ich weiß, wie mir geschieht, hakt sie sich bei mir unter und zieht mich mit.

»Rafael?« Verwundert starre ich ihren Bruder an.

Ein Grinsen stiehlt sich auf sein Gesicht. »Hey, Luzie.«

»Dein Bart fehlt«, bemerke ich wenig einfallsreich. Er sieht deutlich besser aus als bei unserem letzten Treffen.

»Ihr kennt euch schon?«, fragt Piamina überrascht.

Rafael nickt. »Flüchtig.«

»Wir hatten ein Blind Date«, sage ich zeitgleich.

Piamina verdreht die Augen und sieht ihren Bruder tadelnd an. »Was hast du denn wieder angestellt?«

Jetzt lacht Rafael und strubbelt ihr durch die kurzen Haare. »Ach, Schwesterchen. Das geht dich gar nichts an.« Weil sie aber bittet und bettelt, gibt er irgendwann nach.

»Sagen wir es mal so: Ich habe es womöglich ein bisschen übertrieben mit meinen Proben für die Theateraufführung.« Er sieht mich schuldbewusst an und grinst so schief, dass ich auch lächeln muss.

»Luzies Paps stellt hier mit aus«, verkündet Piamina. »Er ist großartig. Seine Figuren waren auf der Promi-Party heiß begehrt.«

»Sagt mir nicht, welche es ist«, meint Rafael. »Sonst beeinflusst ihr mich noch.«

Ich hebe den Finger und fahre damit über meine Lippen, als würde ich sie verschließen.

»Gut. Ich muss mir jetzt mit den anderen Juroren die Skulpturen ansehen.« Er wendet sich mir zu und scheint plötzlich ein bisschen verunsichert. »Sehen wir uns später noch?«

»Ja, vielleicht«, murmele ich.

Als er verschwunden ist, lehnt Piamina sich an mich. »Er mag dich. Das sehe ich genau. Du solltest ihm noch eine zweite Chance geben. Manchmal ist er ein Idiot, aber im Grunde echt okay. Nick hat keinen Bruder für uns, also kannst du meinen haben.«

»Wie großzügig von dir«, lache ich und ignoriere das Ziehen in meinem Magen bei dem Gedanken an Nick.

Sie zuckt mit den Schultern. »Tja, so bin ich eben.«

Ich überlege, ob Pedro vielleicht der Richtige für sie wäre.

Er geht ähnlich offen und lustig an die Dinge ran wie sie. Bei Cedrick und Liam lag ich auch richtig mit meinem Gefühl. Vielleicht stelle ich die beiden demnächst mal einander vor. Soweit ich weiß, ist Pedro solo.

Gemeinsam schlendern wir zurück zu Paps. Wir suchen uns Sitzplätze, verputzen die Hotdogs und beobachten die Juroren bei ihrer Arbeit. Mit konzentrierten Mienen laufen sie durch die Reihen auf dem Eis, machen sich Notizen und unterhalten sich leise. Tatsächlich wirkt Rafael nicht mehr annähernd so doof wie neulich. Besonders die Art, wie er mit seiner Schwester umgegangen ist, hat mir gefallen. Trotzdem kann ich mir nicht vorstellen, mich noch einmal mit ihm zu treffen. Ich brauche erst mal Abstand. Von sämtlichen Jungs dieser Erde. Liam natürlich ausgenommen. Und Cedrick.

Paps neben mir wird immer hibbeliger. Dass er sich vor lauter Aufregung eine Cola nach der anderen reinzieht, macht die Sache nicht besser.

Gefühlte Stunden später tritt die Jury endlich auf die Tribüne unter der Leinwand.

»Es geht los«, flüstert Piamina und ich greife nach Paps' Hand. Sie ist eiskalt.

Rafael übernimmt das Mikrofon. Er räuspert sich. »Hallo zusammen«, sagt er. »In meiner Rolle als Juniormitglied der

Jury darf ich jetzt die Gewinner bekannt geben. Alle Eisfiguren haben eine hohe Qualität und künstlerisches Potenzial. Aber wir können nur drei Plätze vergeben. Der dritte Platz geht an …« Er macht eine Kunstpause. Die ganze Halle hält den Atem an, es ist mucksmäuschenstill. »… die *Killermaus* von Friedericke Klausemann.«

Das kollektive Klatschen klingt wie Platzregen, der auf den Boden donnert. Im lauten Getöse eilt eine Frau mit feuerroten Haaren zur Tribüne, um dort ihre Urkunde entgegenzunehmen. Wieder greife ich mir Paps' Hand und drücke sie sanft.

»Der zweite Platz geht an – die *Schneekönigin* von Bo Thomas.«

Mir entfährt ein Quietschen, das so schräg klingt, als könnte es von einer Killermaus kommen – was auch immer das sein soll. Paps bleibt steif neben mir sitzen. Er drückt meine Hand so fest, dass sie fast zu Mus wird.

»Gratulation!«, jubele ich, entziehe ihm meine Finger und falle ihm in die Arme. Das reißt ihn aus seiner Schockstarre.

»Gibt's doch nicht. Gibt's doch nicht«, wiederholt er mehrmals.

»Doch, das gibt's. Du hast es dir verdient.« Ich schiebe ihn aus der Stuhlreihe, damit er sich auf den Weg zum Siegertreppchen macht. Mit einem breiten Lächeln stellt er sich neben die Killermaus-Frau und nimmt eine silberne

Statue und einen Umschlag entgegen. Ich bin so stolz auf ihn, dass ich mindestens einen Meter wachse.

Den ersten Platz bekommt ein Künstlerduo, das einen riesigen Drachenkopf mit einem Maul voller spitzer Zähne gestaltet hat. Eine Welle aus Eis wirbelt daraus hervor, die sicherlich eine Feuerfontäne darstellen soll. Als ich sie vorhin beim Rundgang über die Holzstege gesehen habe, musste ich an Sergio denken. Tatsächlich erinnert sie ein klitzekleines bisschen an den Küchenchef. Beim Gedanken an meine Arbeit im Roll-In wird mir gleichzeitig heiß und kalt. Ich möchte die Zeit gerne festhalten und weiter dortbleiben. Andererseits bin ich froh, Nick nicht mehr ständig über den Weg laufen zu müssen und zurück in meinen Alltag zu gehen. Es ist eine komische Mischung aus Loslassenmüssen und Festhaltenwollen. Ich hoffe, das Gefühl der Zerrissenheit wird bald besser.

Nach der Siegerehrung stürmen alle Besucher auf das Eis, um sich die Gewinnerfiguren anzusehen. Piamina und ich treffen Paps unten neben dem Hotdog-Stand. Mama ist auch gekommen. Sie war vorher noch im Büro und hat die Siegerehrung dann von der Bande aus mitverfolgt, weil sie mich zwischen den Sitzreihen nicht entdecken konnte. Um den Erfolg zu feiern, besorgt sie uns Sekt und Orangensaft. Fröhlich stoßen wir an und Paps strahlt wie ein Honigkuchenpferd.

Nach einer Weile verabschiedet sich Piamina. Wir verabreden uns aber für nächste Woche. »Bis bald im neuen Jahr«, sagt sie.

Ich umarme sie grinsend. »Ja, rutsch gut rein!«

Als die Gläser leer sind, greift Mama nach Paps' Hand. »Ich möchte mir hier noch alles anschauen. Lasst uns durch die Ausstellung schlendern, ja?«

»Geht ihr allein, ich will lieber zu Ernie. Ich nehme den Bus, das ist kein Problem.« Für heute hatte ich genug Trubel. Jetzt sehne ich mich nach Ruhe und einer Tasse Tee. Meine Eltern nicken und verschwinden im Getümmel.

Draußen knirscht der Schnee unter meinen Füßen. Die kleinen Flöckchen, die vom Himmel fallen, schlucken die Straßengeräusche. Eine herrliche Stille umfängt mich.

KAPITEL 20

»Hallo, Ernie«, begrüße ich meinen Imbiss-Freund. Der Nachmittagshimmel über ihm leuchtet in knalligem Rot-Orange. Er sieht aus, als würde er in Flammen stehen. Ernies silberne Außenverkleidung spiegelt die Farben wider. Er wirkt so einladend warm auf mich, dass ich es kaum erwarten kann, hineinzuschlüpfen. Mit kalten Fingern öffne ich die Tür und schalte die Heizung unter der Theke an. Sofort strömt Wärme an meine Füße. Draußen rauscht der Wind. Lachen und Wortfetzen wehen von der Skatebahn ins Innere. Ab und zu sind Knaller zu hören. Obwohl erst morgen Silvester ist, fangen die Leute schon heute an, das alte Jahr zu verabschieden und das neue willkommen zu heißen. Ich fühle mich wie in einer behaglichen Höhle. Während ich Teewasser aufsetze, brummt mein Phone. Liam hat mir eine Sprachnachricht geschickt. Natürlich habe ich ihm vorhin gleich getextet, dass Paps den zweiten Platz ergattert und ich Piamina und Rafael getroffen habe.

»Hey, das ist großartig. Also, das mit Bo. Dieses Mal also keine Katastrophe wie bei den Sandskulpturen. Wer hätte das gedacht?« Er lacht. »Und das mit Rafael – klingt auch cool. Siehst du, ich habe eben ein Händchen für die richtigen Jungs. Wenn du irgendwann über Nick hinweg bist, kannst du dich ja vielleicht doch noch mal mit ihm treffen.«

Ich stöhne und er hält kurz inne. »Stöhn nicht«, spricht er weiter, als hätte er mich gehört. Er kennt mich einfach zu gut. »Apropos *richtige Jungs*: Bin gleich mit Cedrick verabredet. Dafür, dass du uns vorgestellt hast, liebe ich dich auf immer und ewig. Vielleicht kommen wir dich nachher bei Ernie besuchen. Dann können wir ein paar Wunderkerzen brennen lassen. Kuss!«

Schmunzelnd lege ich das Smartphone weg. Liam klingt so glücklich. Mein Herz wird warm vor Freude.

»Und wie geht's dir so, Ernie?«, frage ich, krame nach einer Tasse und bereite mir einen Chai Tea zu. Ernie gibt einen Brummlaut von sich, der entfernt an das Schnurren einer Katze erinnert.

»Das klingt gut«, antworte ich und klopfe auf die Theke. Dabei fällt mein Blick auf die Schlittschuhe, die ich zu Weihnachten bekommen habe. Sie stehen neben der Tür bei den anderen Paaren, die Paps zum Ausleihen hier deponiert hat. Vielleicht drehe ich gleich eine Runde auf dem Eis. Erst einmal muss ich aber meinen Tee trinken. Mit der dampfenden Tasse in der Hand trete ich wieder nach draußen und setze mich auf die Bank. Dort decke ich mich mit dem

Fell zu. Es dämmert langsam. Die Sonne, die bei meinem Eintreffen noch feuerrote Strahlen verteilt hat, ist hinter den Häusern in der Ferne verschwunden. Nun schimmert der Himmel blassblau mit lila Farbsprenkeln und düsteren Wolken. Sie kündigen den nächsten Schnee an.

Ich blicke auf die Eisbahn, die heute geschlossen ist, weil Paps seinen großen Tag hatte. Niemand flitzt herum, dreht Pirouetten. Niemand lässt sich von Freunden das Fahren beibringen oder wackelt wie eine Ente herum, bis er oder sie auf dem Po landet. Das letzte Mal, als ich hier saß und auf die Bahn geschaut habe, sorgte Annika mit ihren Pirouetten für Aufsehen. Nick saß neben mir. Nach meiner peinlichen Zunge-an-Hintern-Aktion haben wir gequatscht, Witze gemacht und gelacht. Da habe ich eindeutig eine Verbindung zwischen uns gespürt. Auch wenn ich es gegenüber Liam und mir selbst nicht zugeben wollte.

Der Wind frischt auf. Sanfter Schneegriesel weht durch die Luft. Er glitzert wie Diamantenstaub. Ich öffne eine Hand und halte sie nach oben, um die tanzenden Eiskristalle aufzufangen. Auf meiner warmen Haut lösen sie sich schnell auf. *Genau wie das Band zwischen Nick und mir,* denke ich. Kaum greifbar und dann so schnell wieder verschwunden wie diese kleinen Kügelchen.

Seufzend stehe ich auf und beschließe, meine Schlittschuhe einzuweihen. Sie waren ein schönes Geschenk, und ich sollte sie ausprobieren, solange die Bahn noch da ist und ich Gelegenheit dazu habe.

Im Truck trinke ich den Rest meines Tees aus und will gerade meinen Rucksack unter der Theke neben der Tür verstauen, da fällt mir etwas Blaues ins Auge. Verwundert halte ich inne. Dort liegt ein Buch. Besser gesagt, DAS Buch. Wie kommt es denn hierher? War es vorhin schon da? Ich beuge mich runter und nehme es hoch. Vorsichtig streichen meine Finger darüber. Dann klappe ich es auf und blättere nach hinten zu unseren Einträgen. Tatsächlich gibt es einen neuen:

Es tut mir leid, wenn du in den letzten Tagen einen falschen Eindruck von mir gekriegt hast, Luzie. Ich wollte mit dir sprechen, hab mich aber wie ein Idiot verhalten.

Und jetzt bist du weg. ☹

Lass uns doch mal richtig verabreden. Wir müssen ja nicht zusammen brüllen. Du darfst entscheiden, worauf du Lust hast.

Nick.

Ein Wirbelsturm an Gefühlen und Gedanken jagt durch mich hindurch. Nick weiß, dass ich es war, die ihm geschrieben hat? Seit wann? Woher? Und warum hat er nichts gesagt?

Ich habe mir also nicht eingebildet, dass er mich mag. Er vermisst mich. Mein Herz rast los.

Immer langsam!, mahnt mein Kopf. *Das bedeutet noch*

lange nicht, dass er mehr will. Außerdem ist er mit Annika zusammen.

Trotzdem ist es süß, dass er wieder eine Nachricht ins Buch geschrieben und dafür gesorgt hat, dass du es findest, ruft mein Herz.

Bilde dir nicht so viel darauf ein, murrt mein Kopf genervt. *Er hatte deine Handynummer nicht! Wie soll er sonst Kontakt aufnehmen?*

Klägliche Gegenwehr, lieber Verstand, singt mein Herz. *Ich find's romantisch und würde am liebsten schmelzen wie dieser Schneegriesel vorhin.*

Denk an deinen Vorsatz mit dem Kästchen: einschließen, weglegen und aufpassen, damit es nicht so wehtut. Mein Verstand klingt heiser.

Ich höre nicht mehr zu, ruft das Herz. Es hüpft herum wie ein bekloppter Flummi.

Grmpf, macht mein Verstand noch, dann schaltet er sich ab.

Energisch klappe ich das Buch zu und schiebe es in meinen Rucksack. Ich fühle mich erschlagen und ein bisschen benommen von meinem durchdrehenden Herzen. Aber eines ist sicher: Ich brauche endlich Klarheit! Auch in dieser Sache muss ich mutig sein. Deshalb gehe ich jetzt zu Nick und kläre ein für alle Mal, was das zwischen uns ist.

KAPITEL 21

Gerade habe ich die Truck-Tür geöffnet, da sehe ich ihn. Er lehnt an Ernies Theke. Mit seinen rauchgrauen Augen und seinen strubbeligen Haaren, in denen sich weiße Schneeflockenkristalle gesammelt haben.

»Hi«, sagt er. »Ich habe dich gesucht.«

»Hi, ähm, ich dich auch.« Jetzt höre ich mich fast so kläglich an wie mein Verstand gerade eben. Schnell räuspere ich mich, bleibe aber unsicher vor der Tür stehen. Ich habe so viele Fragen, dass ich gar nicht weiß, womit ich anfangen soll.

Er bemerkt mein Zögern und lächelt. »Wollen wir uns auf die Bank setzen? Bitte! Ich würde dir gerne ein paar Dinge erklären.«

»Ja, okay.«

Zusammen gehen wir zur Bank und schlagen das Fell über unsere Beine. Dann hole ich das Buch aus meinem Rucksack. »Woher wusstest du, dass ich es war, die …?«

Nicks Mundwinkel zucken. »Ich habe es geahnt. Bei unserem Treffen an der Sprayerwand war ich mir dann sicher. Du hast die Schwierigkeiten deines Vaters mit deinen Großeltern erwähnt. Das hat zu den Einträgen gepasst. Später habe ich die Schrift auf der Tafel wiedererkannt.«

Ich drehe mich um und schaue zur geschlossenen Klappe hinüber, neben der ich ein paar aktuelle Angebote für die Kunden notiert habe.

»Na klar«, sage ich kopfschüttelnd. Bei unserem Gespräch vor den Graffiti hat er mich einmal so komisch angeschaut. Das war sicher der Moment, in dem bei ihm der Groschen fiel. Darauf hätte ich auch selbst kommen können. »Wolltest du auf der Party im Keller mit mir darüber sprechen?«, erkundige ich mich.

»Ja, genau. Und über noch mehr.« Nun dreht er sich zu mir und sieht mich an. »Ich habe nachgedacht. Neulich, als wir unter der Theke lagen, war etwas zwischen uns. Wir waren uns, ähm, nah.«

Ich schlucke. Er wollte mich also wirklich küssen. *Ich wusste es!*, brüllt mein Herz. »Das stimmt«, krächze ich. »Aber dann ...«

»... gab es diesen Zwischenfall mit Annika und ihrem Date, der alles kaputt gemacht hat«, fällt er mir ins Wort. Er macht ein zerknirschtes Gesicht.

»Ich dachte, ihr wärt getrennt.«

»Sind wir auch.«

»Das klang aber nicht so, als du den Typen vertrieben hast.« Unruhig rutsche ich auf der Bank herum.

»Annika und ich sind schon lange nur noch Freunde. Aber wir mögen uns, kennen uns sehr gut und passen aufeinander auf.«

»Sie war neulich hier«, murmele ich, auch wenn wir damit ein wenig den Fokus verlieren.

Fragend sieht er mich an, und ich berichte von ihrem Besuch bei Ernie und davon, dass ich bis heute nicht ganz verstehe, was sie wollte.

»Ihr Auftauchen könnte daran liegen, dass wir über dich gesprochen haben.«

»Ach ja?«

»Mhm. Nach dem Vorfall in der Kühlkammer habe ich ihr gesagt, dass ich dich mag. Wahrscheinlich hat sie sich Sorgen gemacht, dass mir jemand wehtut.«

Er mag mich, er mag mich!, brüllt mein Herz.

Ruhe!, murmelt mein Verstand. Ein paar Dinge müssen wir noch klären.

Nick streicht sich über den Hinterkopf. Eine Geste, die mir verrät, dass auch er aufgeregt und ein bisschen unsicher ist. »Nachdem Annika uns befreit hat und klar war, dass du mir wichtig bist, hat sie mir von ihrem geplanten Date erzählt. Sie bat mich, ein Auge auf sie zu haben. Ich sollte sie retten, wenn nötig.«

Überrascht runzele ich die Stirn. »Retten?« Sie hat Schiss vor einem Date? Das kann ich kaum glauben. Bei meinem ersten Treffen mit Rafael habe ich mich auch Hilfe suchend nach Liam umgesehen, als der Möchtegern-Casanova aufdringlich wurde. Mir fehlte einfach der Mut, um ihn selbst in die Schranken zu weisen. Dass es Annika bei so was ähnlich gehen könnte, hätte ich nie gedacht.

»Ja, retten«, bestätigt Nick. »Annika ist nicht so selbstbewusst, wie sie vielleicht wirkt. In manchen Dingen ist sie unsicher.«

Das zerstört endgültig mein Bild von der perfekten, schillernden, von sich überzeugten Eishockey-Leaderin. Offenbar hat jeder Mensch seine Schönheitsfehler und Problemchen, auch wenn er noch so makellos wirkt.

»Wir haben eine Art Code abgemacht. Wenn sie an dem Teelicht vor ihr dreht, sollte ich einschreiten. Der Moment, als sie das dann tat, war echt unpassend für dich und mich.«

Jetzt wird mir der vielsagende Blick zwischen Annika und ihm klar, kurz nachdem Annika mit ihrem Date ins Roll-In gekommen ist. Sie haben sich nicht angeschmachtet, sondern sich wortlos zu verstehen gegeben, dass Nick auf den Code achten soll. Auch sein Zögern, bevor er losgestürmt ist, macht nun Sinn. Er wollte bei mir bleiben, musste aber zu Annika, um ihr zu helfen.

»Ja, ich war ein bisschen verwirrt«, gebe ich zu, wohl wissend, dass ich maßlos untertreibe. Ich muss ihm aber nicht unbedingt unter die Nase reiben, dass ich vor Selbstmitleid fast zerflossen bin.

Nick mag mich und er ist solo. Solo!, meldet sich mein Herz wieder. Eine prickelnde Wärmewelle erfasst mich. Ich schiebe das Fell ein Stück von meinen Beinen, damit ich nicht anfange zu schwitzen.

»Ich bin froh, dass du nicht mehr mit Annika zusammen bist«, gestehe ich und bin überrascht, dass ich das so offen sagen kann. Von meiner Blind-Date-der-anderen-Art-Aktion mit meinen Großeltern weiß ich aber, dass ich mutiger bin, als ich dachte.

»Ich auch«, schmunzelt Nick.

Ein lautes Knallen lässt uns aufblicken. Beim Weihnachtsmarkt schießt jemand Raketen in den Himmel. Gelbe, weiße, rote Säulen zischen hinauf. Sie explodieren und regnen in wundervollen Strahlenbögen zu uns hinunter. Einen Augenblick lang lehnen wir uns zurück, schauen hoch und schweigen. Ich spüre Nicks Arm, der sich an meinem Rücken über die Banklehne legt, und genieße den Rausch, den seine Nähe in mir auslöst. Genau wie die Raketen explodieren jede Menge Farben in mir. Sie verteilen sich in meinem Körper, dringen in die allerletzten Winkel vor, bis ich vollkommen damit ausgefüllt bin. In diesem Moment gibt es nur noch Nick und mich, den unendlichen Himmel über uns und ein Meer aus Funken und Farben.

Als das Feuerwerk aufhört, stelle ich noch eine Frage, die mir auf den Lippen brennt. »Wie hast du eigentlich genau gebrüllt? Ich meine, in Bezug auf deine Mutter?« Immerhin hat er in seinem ersten Bucheintrag daran gezweifelt, dass Familie immer zusammenhalten sollte. Und er hat sich gewünscht, mal so richtig laut zu brüllen. Später schrieb er dann, dass er es getan hätte.

»Du warst doch dabei«, antwortet er und zieht die Augenbrauen hoch.

»Wann soll das denn gewesen sein?«

»Na, an der Sprayerwand. Da habe ich mir Luft gemacht und mein Bildgesicht brüllen lassen.«

»Klar, aber ich meine, in echt.«

Er neigt den Kopf und schaut erneut in den Himmel. Kurz scheint er mit den Gedanken weit weg zu sein. Dann wendet er sich mir wieder zu. »Ich habe den Kommentar damals nach einem Streit mit meiner Mutter ins Buch geschrieben. Auch dieses Teufelsgesicht entstand dabei. Und obwohl sie mich manchmal nervt, ist sie im Grunde okay. Die Dinge fühlen sich hin und wieder schlimmer an, als sie sind. Dann verpufft der Ärger wieder. Klar haben wir unsere Schwierigkeiten. Und es wird noch ganz schön rumsen, wenn es darum geht, was ich nach dem Abi mache.

Aber wer von uns hat solche Probleme nicht? Im Moment muss ich also nicht noch mehr brüllen, als ich es schon getan habe.«

»Wow, das klingt super.« Ich freue mich für ihn, dass er so gut damit klarkommt.

»Übrigens fand ich es echt beeindruckend, wie du im Restaurant *gebrüllt* hast«, sagt er nun und macht mit den Fingern Anführungsstriche in die Luft. »Du hast deinen Ärger gegenüber deinen Großeltern und deinem Vater rausgelassen. Ich habe ein bisschen davon mitbekommen.«

Verlegen streiche ich mir über die Schläfe. »Danke! Das musste raus. Und es tat unheimlich gut. Ich glaube, ohne unseren Austausch im Buch hätte ich das nie gemacht.«

Lächelnd drückt Nick mir die Schulter. Sein Arm liegt noch immer an meinem Rücken und ich möchte nie wieder aufstehen und die Nähe zwischen uns verlieren.

»Wollen wir Schlittschuh fahren?«, fragt Nick irgendwann und sieht mich auffordernd an.

»Du magst so was doch gar nicht.«

»Jetzt schon. Na los!«

»Okay«, gebe ich nach. »Aber du musst mir noch verraten, wie du das mit dem Buch angestellt hast. Es lag vorhin im Imbiss neben der Tür.«

»Ich war gestern hier, weil ich dich sehen wollte«, sagt er, steht auf und reicht mir die Hand, um mich hochzuziehen.

»Aber ich habe nur deinen Vater getroffen. Er war mit seiner Eiskönigin beschäftigt.«

»Ja, der Wettbewerb war heute endlich.«

»Hat dein Vater gewonnen?«

»Zweiter Platz.«

»Cool!«

Ich nicke ungeduldig, weil ich nicht länger über Paps sprechen will.

»Als ich dich nicht finden konnte, wollte ich dir eine Nachricht hinterlassen, die besonders ist. Damit du dich meldest«, fährt er fort, während wir zu Ernie schlendern. Er lächelt weich und liebevoll. »Deshalb habe ich mein Buch geschnappt und deinen Vater gebeten, es dir zu geben.«

Romaaaaaaaantisch!, trillert mein Herz und ich muss ihm vollkommen recht geben.

»Paps hat es bei dem Trubel wohl vergessen. In den letzten Tagen war er aufgeregter als ich bei meiner Seepferdchen-Prüfung vor gefühlten tausend Jahren. Da bin ich fast abgesoffen, weil ich Schnappatmung gekriegt habe.«

Nick gluckst. »So ähnlich wie neulich, als wir im Kühlraum festgesessen haben?«

»Genau, so ähnlich«, murre ich und boxe ihm in die Seite. »Mach dich nicht lustig darüber. Das ist mir immer noch peinlich.«

»Du warst süß. Und es war schön, dich im Arm zu halten.

Jedenfalls bin ich froh, dass du das Buch heute gefunden hast.«

Ich schlucke und meine Wangen werden heiß. Schnell öffne ich Ernies Tür, um die Schlittschuhe rauszuholen. Mein Truck-Freund schnurrt wieder, als wolle er mir sagen, dass er Nick gut leiden kann. Lächelnd streiche ich über ein Regal.

Auf dem Eis greift Nick nach meiner Hand. In der Ferne rieselt ein goldener Sternenregen mit Schweif durch den Himmel. Da muss ich an meinen Wunsch denken, den ich auf der Party an den brennenden Lampion gehängt und hinaufgeschickt habe. Er ist wahr geworden. Ich bin nun auch die glückliche Hauptperson einer Liebesgeschichte geworden. Dieser, *meiner* Liebesgeschichte.

Fröhlich drücke ich Nicks Finger und wir werden schneller. Irgendwann versuche ich mich an einer Pirouette. Dabei gerate ich ins Schlingern. Nick versucht mich aufzufangen, doch wir landen zusammen auf dem Eis. Lachend rollen wir übereinander hinweg und rutschen ein Stück über den spiegelglatten Boden. Dann bleiben wir liegen. Nick ist über mich gebeugt. Sein Gesicht ist meinem wieder so nah, dass sich unsere Nasenspitzen berühren. Fast wie neulich unter der Theke im Roll-In. Wir schauen uns in die Augen und im nächsten Moment finden unsere Lippen zueinander. Erst ist der Kuss weich und zurückhaltend, dann neugierig und hungrig. Es fühlt sich so wunderbar an, dass ich am liebsten einfrieren würde wie eine von Paps' Eisfiguren und erst im Frühling wieder mit Nick auftauen möchte.

»Hey, Leute!«, ruft jemand nach uns. »Stören wir etwa?«

Widerwillig heben wir die Köpfe. Liam und Cedrick stehen an der Bande.

»Dürfen wir zu euch kommen?«, fragt Cedrick.

»Klar, holt euch Schlittschuhe aus dem Food Truck«, keuche ich etwas außer Atem und zupfe mir meine Mütze zurecht. Dann hieven Nick und ich uns hoch. Gemeinsam fahren wir unseren Freunden entgegen. Als die schließlich aufs Eis kommen, zwinkert Cedrick mir zu und Liam fällt mir in die Arme.

»Was war das denn, Lu?«, raunt er in mein Ohr. »Wir wollten Nick doch zu den Löwen sperren! Er ist DER FEIND.«

»Ist er nicht! Wir brauchen keine Löwen und auch keine anderen gefährlichen Tiere«, flüstere ich zurück. »Nick und Annika sind kein Paar. Er hat mir einiges erklärt. Wir haben uns ausgesprochen. Er will mit mir zusammen sein. Und ich mit ihm auch.«

»Echt jetzt?«

»Mhm.«

»Na gut. Aber wenn er dir wehtut, mache ich meine Drohung wahr.« Freudig schmatzt Liam mir einen Kuss auf die

Wange. »Wahnsinn! Jetzt hast du doch noch dein Geheimrezept für die Liebe gefunden!«

Ich nicke und greife erneut nach Nicks Hand, um weitere Runden mit ihm unter dem funkelnden Silvesterraketenhimmel zu drehen. Ein universelles Geheimrezept gibt es sicher nicht. Aber meines könnte ungefähr so lauten: Einen Jungen finden, der den Verstand k.o. gehen und das Herz jubeln lässt. Den Frosch rauslassen, wenn es nötig ist. Mutig und ehrlich sein. Und dann losfahren. Mitten hinein ins Abenteuer. Ob mit Schlittschuhen oder ohne.